維多利亞港的今與昔

張惠

著

維多利亞港
的今與昔

張惠　著

目錄

第三章 飲食文化

第四章 影視評論

（序言）
一本教人讀書的書

俱孟軍

《維多利亞港的今與昔》，看書名，原以為，寫的是維港歷史。讀來，才知道，這是典雅通俗的人文薈萃。全書分列四章，名家訪談，中西經典新評，飲食文化，影視評論。無論寫人談事，還是吃飯觀影，經典叢生，滿目書香。自然，這一切，源於讀書積累。不過，如何把書讀出新意，怎樣才能學識深邃，面前這本書，可以讓人受教。

張惠，博學的讀書人，敬業的教書人，勤奮的寫書人。《紅樓夢》研究，是她的最愛。其實，張老師不僅熟讀紅樓，深諳水滸三國，乃至西方經典，都融化在她的腦海裏。這個七月，她的新著《歷史的斷章》，亮相香港書展。她講的課，寫成的書，一個迷人的特點，就是好聽愛看，啟人心智。

翻開書，讀張惠老師的名家訪談，想起我當記者時寫過的人物專訪。說實話，張老師筆下的人物，生動真實，情感

豐富，素養深厚。訪問夏志清先生，她用了不少文字，記述一個和藹的、微笑的、善解人意的文化大家。讀起來，不累贅，更親切，夏先生的熱情友好，正是為人為文的良師益友。張老師的專訪，人物對話，以直接引語見長。這一點，她更像記者。採訪馬大任先生，吃螃蟹的細節，風趣幽默，甚是可愛。張老師善用陽光筆法寫人，突出笑點，彰顯善良，如沐春風。

紅樓人物，張老師如數家珍。做講座時，很多人問她，最喜歡哪個紅樓人物？喜歡誰，討厭誰，不僅紅迷們熱衷，也是大眾話題。張老師的回答，絕妙而深刻。她說，「我已經不專門喜歡某一個人了」，如果單獨愛某一個人過深，固然優點可以學習，可是缺點也會影響到自己。她還引用孔子語錄，「擇其善者而從之，其不善者而改之。」甚麼是喜歡與愛？張老師闡明的，不是「愛屋及烏」，而應博採眾長，擇善而從。

書中自有黃金屋。可在張老師的書中，竟然發現了「貧窮」。原來，貧窮這個令人嫌棄的詞，古今解讀不同。張老師談到，在現代，貧窮是一個詞，就是指人沒錢；而在古代，「貧窮」是兩個詞，「貧」是沒錢，「窮」是不得志。她搬出王勃的〈滕王閣序〉加以佐證，「窮且益堅，不墜青雲之志」，勉勵自己好好奮鬥。對於「貧窮」詞意的分解，或許可以詮釋，當今的農家孩子，奮力讀書，不僅是要今後有錢，也是為了得志成才。由此聯想，在中國如期完成脫貧任務之時，鄉村的文化建設，也應是題中應有之義。

東西方文化比較研究，學界很流行。聽張老師的課，你會知道更多，理解更深。她講美國意象派詩人龐德，把漢武帝〈落葉哀蟬曲〉改譯成英文詩〈劉徹〉時，憑空添加了一句「一片濕葉子」，突出體現了意象派詩歌的特點，被稱為美國詩史上的傑作。課堂上，有的學生懷疑，這是不是真的。張老師當即意識到，現在的學生，對中國的傳統文化，還缺乏民族自信。她堅定地告訴學生，中國不僅典章制度曾經影響日本韓國，而且詩詞歌賦甚至也曾經輻射波及美國。

　　張老師講經典，不會照本宣科，而是尋覓新意。著名的〈出師表〉，張老師發現的，是含而未盡之意。她說，這是一個很悲傷的故事。意思是，諸葛亮才幹高絕，手握重兵，而後主劉禪能力不及，加上有人敲邊鼓說壞話，自然會因「功高蓋主」、「恐有異心」而生疑忌殺心。但是，諸葛亮沒有選擇離開避禍，而是置生死於度外，苦勸劉禪諮諏善道，察納雅言，做一個好君主。諸葛亮之所以是諸葛亮，就是他既有智慧，又有忠心，對後主不是一味吹捧，而是教他做一個更好的自己。何為忠誠，怎樣叫鞠躬盡瘁？這裏不言自明。

　　歷史故事，勵志當下。張老師說，《水滸傳》中的林沖，沒有父蔭，沒有關係，全憑自己努力。刺配滄州，走投無路，漫天風雪之中，林沖被逼上梁山。張老師聯繫那些困於現實生活而輕生的人，不無感慨地喊出：那些被生活逼到牆角的，還會比林沖更慘？！林沖想過自殺嗎？自殺了還有後面的梁山第六號人物「天雄星」嗎？！生活太苦，生命寶貴，怎麼能為一些爛事交代了？！命運要扼住我的喉嚨，我為啥

不把它摁到地下摩擦？！多好的句子，多勵志的教學。如果那個因為生活太難而跳樓的人，讀到張老師的這些話，或許就會重新振作。

看得見，想得到，寫得出，這是張老師的擅長。吃飯，看電影，讀新聞，行為所至，皆出篇章。張老師從一碗「滿漢大餐紅燒牛肉麵」，發現了粗俗濫的商家現狀，吃出了營商新思路。她直言那種內在與外包裝相差甚遠的產品，就是「妄求附加值」，「披上了文化的外衣」。但是，文化不是灰姑娘的水晶鞋，穿了就會變成公主。她指明，商家的出發點大概要快點從「我怎樣要到你的錢」改成「我怎樣要到你的心」。未來的商戰，也許贏家會贏在「物超所值」上。多好的商業評論。我想，張老師做文化是大家，做商業一定也是好手。因為，用心做人，用誠做事，才是真正的成功之道。

任何的學習，都不僅僅是為了記住，而是受到啟發，得到進步。我想，讀張老師的書，就是要學習她貫通古今，聯繫實際，用心思考，成就更好的自己。

2021 年 8 月 9 日於香港

第一章 名家訪談

幼好真善老不衰

—— 訪夏志清先生

在最繁華的紐約曼哈頓，沿着哥倫比亞大學所在的街道走過幾個街區，拐過一道彎，靜謐和清涼便把喧囂隔在了身後，夏志清先生的家到了。

我們剛敲了一下門，門就開了，露出一張和藹的、微笑的臉，這就是夏志清先生了，一見面還幽了一默：「喲，現在的訪問學者都這麼年輕、這麼美呀。」我和同學忍俊不禁，相視一笑。年輕？像我們這種修煉到滅絕師太級的女博士，現在走在大街上小孩子只怕得叫阿姨了吧？只是在夏先生面前，我們的老師都是他的學生，更不用説我們這些小字輩了，自然都成小不點了。至於美啊，夏先生有那麼一個清麗脱俗的女兒，見慣了滄海再贊一泓弱水的話，只能説明他太善良了，一笑。夏先生口裏還忙不迭地客氣地説：「請進，請進……不用脱鞋，不用脱鞋。」我們不好意思地説：「我們還是脱鞋進去吧，別踩髒了您的地毯。」「沒事，有人打掃的。」

為甚麼只敲了一下門就開了？當時我們只是微微有點意外，倒沒有深思，等到後來師母讓我們吃橘子時無意中說的一番話才讓我們恍然大悟。原來在我們之前，曾有一位國內學者到美國後打電話想拜訪夏先生，夏先生很高興地答應了。只是到了約定的時間，左等他也不來，右等他也不來，把夏先生和夏師母都嚇壞了，擔心他初來乍到迷了路，偏偏打這學者的手機又沒電關機，也沒法聯繫，只能乾巴巴等着。直到晚上，師母開門的時候突然發現門口有許多水果，也沒有任何隻言片語。是郵差送給隔壁鄰居簽收的？這鄰居還外出了，無法確定。直到鄰居回來了，確認不是他們的，夏先生和師母才滿腹狐疑地把水果拿回去。那個學者到底來沒來？來了為何過其門而不入，只是放一堆水果呢？這個謎可難猜。直到後來一個電話打過來，才解開這個疑問。原來，這位學者果然是迷了路了，結果到的時候晚了，一敲門，沒人應，他以為夏先生怪他來晚了，臉皮薄，放下水果就走了。夏先生夏師母感歎地說：「怎麼會怪他來晚呢，我們可是一直都等着的啊。那天為啥沒見成，可能是這房子太老了，門鈴不是很好，我們只要不在客廳而是在廚房書房的話，根本都聽不見。唉，他要是敲門沒人應，打個電話呀。」哦，我們這才反應過來為啥我們來時一敲門就開了，想必是夏先生知道我們要來，留心着呢。唉，他們對於我們這些晚輩，也真是太善解人意，惟恐我們受一點委屈呀。

　　從門廳到客廳，觸目所及，靠牆的都是書架，落落大滿。剛在沙發上落座，不及細看，夏先生就發話了：「你們哪一位是張惠呀？」我趕緊站起來說：「夏先生，是我。」「商偉還專門提前打了電話呢，說他的學生要來看看我。你

們商老師就經常來呀，現在收了你這麼一個學生啊，不錯，不錯。」我在哥大的指導老師是商偉教授，此次來拜訪夏先生，原只想悄悄自己來一趟就是了，沒想到蒙商老師不棄，平時以弟子視我，此次還提前跟夏先生打了招呼。沒想到，還沒遜謝完畢，夏先生又自言自語道：「你這個名字不好，『惠』，太平常了。」一句話把我們大家逗得想笑又不敢笑，夏先生又說：「看她的名字多好，紅豔，又紅又豔。」這下可憋不住了，大家哈哈笑成一團，我微微低頭抿着嘴笑，紅豔啟齒粲然一笑，驚雷拍着腿笑，懷宇兄一貫板着臉作冷面小生狀，也不禁翹起了嘴角。我邊笑邊說：「夏先生，他的名字更好呢，『驚雷』、『驚雷』，『於無聲處聽驚雷』呢。」夏先生偏不笑，一本正經地附和道：「就是就是。」其實夏先生不提，我根本不會聯想到自己的名字還有何玄機。按照夏先生的標準，我的名字真是太普通了。當然，我知道夏先生的意思，一方面是打趣，另一方面呢，是提醒我既然沒有好名字這樣的「內美」，那就該多重視學識修養這樣的「修能」。

　　夏先生當年在美國是如何求學的呢？夏先生自言道，當年寫《中國現代小說史》的時候，耶魯大學中國現代文學方面的書因為不多，不到一年就讀完了。鑒於哥倫比亞大學的中國現代文學資料更加豐富，因此夏先生每月乘公交車前去哥大，抱了滿攞的書回耶魯，一本本依次看去。到了下個月，回哥大，還書，重借，如此周而復始、樂此不疲。想中國現代文學有偌多書籍，如何得以窮盡？夏先生道：「當然是看得完的，只要一本本看下去。」此語不免讓我們惕然而驚：固然，吾生也有涯，而知也無涯。但豈可把生命有限當作逃避求知的藉口？我們有時候都是太寬以待己啦，卻

不想世上原沒有終南捷徑，倒從來都只是「九層之台，起於
壘土；合抱之木，生於毫末；千里之行，始於足下」。正因
如此，壞書才不可看。倒不是看了壞書人一定就會學壞，只
是人生有限，偉大的著作都未必來得及遍覽，又哪有時間去
「從惡」？

　　趁着懷宇兄先問夏先生問題的空，我們打了個招呼：
「夏先生，先參觀參觀您的書。」「去吧，去吧。」但見眾書
架或寬或窄，或高或低，依牆立架，錯落有致。藏書中，有
成套的典藏，也有罕見的孤本，有艱深古奧的中國文學，也
有舒卷靈動的西洋著作……其中很多書已經發黃發脆，看來
是很有一些年頭了。

　　我回到剛才的座位上，咦，怎麼花瓶裏的一枝勿忘我掉
在面前的茶几上？一向愛花的我不假思索地拿起那枝花要插
回花瓶，沒想到我這個不起眼的動作被夏先生看見了，說：
「莫管它，莫管它。」而且還中斷了和懷宇兄的談話，苦惱
地說：「那花是假的，假的。我不喜歡。」我自然知道是絹
花，不過這花瓶裏素白的鈴蘭配上紫色的勿忘我，倒也楚楚
有致。鮮花固然最好，但先生和夏師母都年紀大了，絹花畢
竟好打理些。可夏先生指着屋裏的三個花瓶裏的花說：「看，
都是假的。都是人家送的，太太不捨得丟。我喜歡真的。」
我不禁想起先生以前寫《中國現代小説史》時，之所以能夠
獨樹一幟，就在於不拾人牙慧、人云亦云，而是老老實實
坐下來一本本書去看，有自己的獨得之趣。至於他的《中國
古典小説》，更是一部是以獨到眼光審視中國白話小説傳統
的著作，比如一反《水滸傳》是忠義讚歌的成説，倒是認為
其中男人對待女人的手段和處置「仇家」的方法太過血腥凶

殘，實在說不上是甚麼「忠義」行為；假「替天行道」之名，行「同類相食」之實。在某種程度上，可作為中國傳統文化陰暗面的索隱來看。今天他對假花的苦惱，豈不正和他學術上的「求真」相映成趣？

夏先生的《中國現代小說史》探討中國新文學小說創作的發展方向，尤其致力於「優美作品之發現和評審」，發掘並論證了張愛玲、張天翼、錢鍾書、沈從文等重要作家的文學史地位，使此書成為西方研究中國現代文學史的經典之窗。但其中正有一個意味深長的現象——他所發掘的四人，張愛玲、錢鍾書、沈從文都已聲名鵲起，蔚為大家，獨有張天翼相形見絀、默默無聞，是不是先生當年看走眼了呢？當問及先生這個問題時，先生立即否認：「當然不是，當然不是。」「那為啥唯獨張天翼不紅呢？」「唉，就是沒人捧他嘛。當年我提張愛玲、張天翼、錢鍾書、沈從文四個人的時候，張愛玲、錢鍾書、沈從文這三個人都有人跟着寫文章評論，參與的人多了，他們的價值發掘得就更充分，更能被人認識。張天翼本來三十年代就已經大紅，他的作品美國也有譯本看。魯迅有些嫉妒他，教他放棄搞幽默。四十年代，他有肺病，此後他被派去主編兒童文學，諷刺小說寫起來就不方便了。慢慢沒人理，就冷落了。」說到這，夏先生若有所思，頓了一下，對我們說：「你們年輕人不妨看看張天翼，他很幽默，反映的方方面面也多，是可以作博士論文的好題材。」「那您當年為啥不評評張恨水呢？他的《啼笑因緣》當時多轟動呀。這幾年還有人重拍他的《金粉世家》呢。」「我不評流行小說的。」看來老爺子不但有個性，還挺有原則呢。

談着談着，說到了夏先生的好友唐德剛先生，據說唐先

生最近中風住院，身體大不如前。一提到唐先生的病，夏先生關切之情溢於言表：「他不該住在那麼偏僻的地方！說他他也不聽！」他又半告誡我們說：「年輕的時候，可以住在風景優美、人跡稀少之處；年老了，就該住在鬧市，離醫院甚麼的都近，有甚麼事立即就能辦。我有一個朋友，前不久也中風了，情況比他重得多，送醫院送得及時，現在一點事都沒有。他要是早聽我勸，這次哪會這麼厲害。」

眾所周知，1986 年夏志清先生與唐德剛先生之間曾發生著名的紅樓論爭。美國《中報》在同年 10 月的一篇特稿中，對這次論爭曾加以報導，並冠以「震動海內外的紅樓夢論戰風波」的醒目標題。雙方觀點尖銳、措辭激烈，語驚四座、一石千浪，引起了海內外學術界的廣泛重視，當然也不乏看客的起哄與熱衷。10 日晚，在紐約文藝協會的一次宴會上，唐、夏二公握手言和、盡棄前嫌。但時至今日，仍有人對紅樓論爭津津樂道並不乏以其中隻鱗片爪來推斷唐、夏兩先生者。不過據我愚見，兩公乃互為莊子惠施。外人看來的青梅煮酒、華山論劍的交鋒，未嘗不是棋逢對手、將遇良才的快意；固然有運斤成風的間不容髮，更多的是互相成就的惺惺相惜。從唐先生得病一事使夏先生痛心疾首斯可為一證也。

張昌華先生曾寫到夏先生動過心臟手術，並不無感慨地寫下：「近些年的夏志清，儘管事業有成，名揚天下，但體弱多病，常在回憶中生活。每臨秋風，面對落葉，他會不無傷感地說『年齡稍長的朋友，就像孔乙己碟裏的茴香豆一樣，不多了，已經不多了。』『每給小鬼抓去一個，我生命上就添了一塊無法彌補的空缺。』一種『手折衰楊悲老大，故

人零落已無多』的悲緒難以拂去。」就我們此次拜訪所見，客廳正對面的一張桌子上，確乎滿滿地放着數排藥瓶，頗有觸目驚心之感。但言談之中，卻絲毫未見夏先生的衰暮之氣、悲緒傷感，反而奇思妙想、陶然自樂。按說他現在定然沒有文債纏身，也不消再為著作憂心，但他偏偏還是對書情有獨鍾，手不釋卷。我們要參觀參觀他的小書房時，他還不好意思地說：「太亂了，太亂了。」確乎，桌椅几案上，報紙、書刊，攤開的，半掩的，堆摞的……但正覺得這凌亂自有跳脫之感、鮮活之氣，那井然有序的書架，清清爽爽的書桌，讓人起敬畏之心，卻未必生親近之感。

　　不覺天色已晚，須告辭了。臨行前，望得先生題字留念。夏先生的反應倒也有趣：「我先看看別人怎麼給你寫的……我寫甚麼好呢？我可不稱你『張惠學妹』，你太小了，怎麼會是我的學妹呢？也不稱你『張惠女士』，隨便誰都可以稱『女士』呀，太生分了（注：我是北大學生，而夏先生 1946 年曾在北大任教；我現在哥大東亞系求學，而夏先生 1961 年任教哥大東亞系，1969 年為該校中文教授，1991 年榮休後為該校中文名譽教授。因為這種淵源，所以他力圖斟酌一個恰當的稱謂，亦由此可見其小處也絕不隨便也。）……嗯，我稱你『張惠同學』，嗯，就這樣，又合式又大方。」寫完之後，他看一看：「對了，我再按個印章。比他們的好，他們都沒給你按章，不正式。」說着找出了兩個印章：「哪個好呢？」在紙上比了比：「你喜歡哪個呢？大的這個還是小的這個？」好容易品評完畢，他拿着那個「最合適」的，鄭重其事地按下去，惟恐印泥放久了顏色不顯，還使勁摁了摁。沒想到手一滑，印章「啪」掉到了地上，把我們唬

了一跳，惟恐印章摔壞了，幸而完好無損，但夏先生卻不理會印章，只是發愁地看着題字：「怎麼辦？壞了，壞了。」原來剛才印章滑落的時候在紙上抹了一道紅痕，其實長度不過一釐米，且斜斜向上，平添了幾分俏皮，但夏先生很不滿意：「我要重寫。」「哎呀，不用不用。夏先生，這樣就很好啦。」「這是個敗筆呀，要不，」他又拿出一支塗改液，「用這個擦擦，這個很好的，一擦就看不見了。」好容易才說服他不用改，我們笑了又笑，覺得老爺子真是可愛得要命，還會用時下小學生流行的塗改液；當然，認真的勁頭更是無人媲美，想必做學問的時候，也是這樣固執地精益求精吧。

與夏志清先生合影

老驥伏櫪志千里

—— 訪馬大任先生

　　早就想拜訪一下馬大任先生，不僅因為他是哥大的校友，更重要的是，近年來，馬先生退而不休，積極致力於搜集外文圖書無償捐贈給國內各大高校的事業，自身費錢費力卻樂此不疲，真是一個「老愚公」。對於我等讀書人來說，這麼可敬可愛的老先生，怎能不拜望一下呢？

　　初見馬先生，你絕對想不到這是一位馬上就要過 88 歲華誕的老人，面色澤悦、舉止輕快、目明耳聰、思維敏捷，看來只有六十多歲模樣。「服藥求長生，多為藥所誤」，那些一心想修道成仙的古人，看來要跟馬先生取取經喲。

　　馬先生是個極為幽默的人，開談沒一會兒，我們就被逗得前仰後合了好幾次。而且，他不僅是那種冷面幽默派，把別人逗笑了自己還若無其事；而且常常在人想不到的時候抖出一個包袱，這種出人意料當然更是取得意想不到的效果。馬先生 1920 年出生於浙江溫州一個書香門第，所在的馬氏家族是一個書畫大族，父親馬公愚，是著名書法家，家中有

五人列入《中國美術家人名詞典》，人才輩出、瓜瓞綿綿，有「書畫傳家二百年」之稱。然而，馬先生卻沒有繼承乃父箕裘，而是留學海外，1947 年由重慶新聞學院保送公費赴美留學，十年間先後榮獲威斯康辛大學新聞學碩士、哥倫比亞大學圖書館學碩士。1965 年任斯坦福大學胡佛研究所東亞圖書館館長，1976 年應聘出任荷蘭萊頓大學漢學院圖書館館長，1985 年在荷蘭榮休後，受邀擔任紐約公共圖書館東方部中國和中文負責人，直至 1992 年第二次榮休。他還擔任過臺灣大學、淡江大學、上海華東師大、東南大學訪問教授，歐洲漢學圖書館協會會長，終身致力於圖書館事業。可是，馬先生卻一臉嚴肅地告訴我們說：「我們馬家號稱『書畫傳家二百年』，傳到了我手裏，可謂是登峰造極、爐火純青。」啊？我們正在驚詫，馬先生狡黠地眨眨眼睛，慢悠悠的接口道：「廢畫（話）最多。」我們出其不意，微微一愣，笑成一團。

過沒一會兒，馬先生談起自己剛來美國後吃螃蟹的一件事，要知道，在美國光螃蟹本身都比國內「講究」多了，怎麼回事？懷宇兄有點丈二和尚 —— 摸不着頭腦。剛巧我才看過一篇關於美國釣魚的文章，福至心靈、觸類旁通，便問：「是不是太小的蟹也不能吃，懷孕的蟹也不能吃？」馬先生拊掌笑道：「可不是麼？更厲害，許多年前只能吃公螃蟹，不能吃母螃蟹。」「那多沒勁兒，」懷宇兄道：「母螃蟹有蟹黃，比公螃蟹好吃多了。」馬先生贊同道：「就是。」又一笑，說：「所以我說呀，美國的女權運動，是從螃蟹開始的。」哎喲喲，我們笑得肚子痛，這老先生，難怪這麼年輕，「笑一笑，十年少」，我們要是敢多來幾次，不就笑沒了？

於是，你可以想見，就是艱苦的八年抗戰時期的經歷，經馬氏敘事法一考究，也變得妙趣橫生。馬先生說，他十八歲時，有一次從上海坐難民船到香港，人多船小，沒有艙位，只在甲板上找到一小塊地方，就和一個童子軍晚上共用一條毯子睡覺。睡了兩晚上了，驚魂初定的他才開始和同宿的同學攀談。馬先生問和他同宿的同學是哪個學校的，該同學就說是某某學校的。馬先生一聽好生奇怪，這所學校可是個女校呀，啥時候開始收男學生了？這個學生「噗哧」就笑了：「敢情你還沒看出我是個女的呀？」登時把馬先生弄了個大紅臉。說到這兒，馬先生笑着跟我們解釋道：「人又亂，天又黑，她又剪個小子頭，聲音也粗粗的，我咋能想到她是個女的吶？」

　　其實，馬先生去香港的目的不是逃難，而是「投筆從戎」，是到內地去參軍。到了香港就馬上坐船到廣州，再坐火車到長沙一位朋友家裏暫住幾天。正好日本飛機來轟炸，主人怕馬先生會被炸死，連忙送他到主人的老家、一個離長沙很遠的小村子裏去躲飛機。主人是當地的大地主，全家人都很好客。馬先生到後，他們滿滿地擺了一桌菜招待。馬先生興高采烈地「瞄準」眼前這盤看起來很好吃的肉，挾了一筷子，放嘴裏一嚼，咦？怎麼一股怪味？當着主人的面，也不好意思說，遂轉移陣地，那邊是盤蔬菜，應該沒問題，就大大地挾了一筷，往嘴裏一放，哇，這次更甚，鼻涕眼淚一下都噴出來了。慌的主人說：「怎麼啦，怎麼啦？哦，你不能吃辣呀。」原來，這「怪味」是辣，長在江南口味軟甜清淡的馬先生哪見過這種陣仗呢？無怪乎望風披靡、涕淚交流了。主人很過意不去，想要給馬先生重做。沒想到，這桌菜

把沒放過辣椒的肉、菜都用完了。而過好幾天才趕一次集，直到趕集那天才會有新鮮肉、菜。沒菜，馬先生又不能吃辣，空對着滿桌豐盛菜肴，連吃了幾天白飯。

去的時候已經是寒冬，進屋脫了外套談了一會兒，我們都不免有些瑟縮，馬先生不過是襯衫和線衣，對冷卻恍若不覺。師母說：「你們別跟他比，咱們都跟他比不了，他不怕冷。」是嗎？我們不由由衷地說：「馬先生您身體真好，肯定年輕的時候身體底子特好。」「我年輕的時候身體可不好，差點去見馬克思呢。」啊？開玩笑吧？原來馬先生在哥大正上着學的時候，有一個體檢的機會，馬先生想，沒事去看看麼，沒病也預防預防。沒想到一看完 X 光片，醫生笑着的臉就沉下去了，馬上下令，就地「扣押」！連學校也不准回了。原來是三期肺結核，時間和程度可都不淺了。這可怎麼辦，孤身求學的窮學生落上這個病，可正是「落紅萬點愁如海」呀。幸而遇難呈祥，天無絕人之路，醫生找到馬先生說，現在出了一種新藥，如果病人願意以身試藥的話，醫生就可以用那藥打針，每天兩針，打到治好為止，以後還會送他到一個專門的肺病療養院療養，一切醫藥、治療和療養的費用全免。於是馬先生在醫院住了十三個月，打得千瘡百孔。後來被送到那個專門的肺病療養院，又療養了快兩年。由此也可看出性格決定命運也，要是換了其他人，說不定立馬跑回國內尋找偏方秘藥，但依國內當時的醫療條件，只怕是「哭向金陵事更哀」，但馬先生卻看得開，放得下，背水一戰，反而轉敗為勝。

馬先生給我們看當時的照片，受病魔侵襲，一開始確實形銷骨立。但馬先生非常信任和配合醫生，該吃就吃，該

睡就睡，還每天堅持運動。他所在的療養院，環境優美，潔淨靜謐，但有一個缺點——極寒，估計健康人都冷得受不住，馬先生卻默默地承受下來，每天還堅持走幾里路。如是兩年，漸漸地，從後面的照片看，他慢慢健康起來、開朗起來。終於有一天，醫生檢查過後，高興地說：「Mr. Ma，你可以出院了，你現在的身體狀況比一個健康人還健康！」

說真的，我簡直無法把眼前這位健康、開朗的老先生和照片上憔悴、瘦瘠的年輕人聯繫到一起。難怪相冊的最後，不知是誰戲題一句：「寶劍鋒從磨礪出，梅花香自苦寒來」。原來從來都沒有甚麼是不可改變的、不可改善的！看似無法攀越的障礙，弱者會把它當成攔路虎，強者卻把它變成墊腳石！

馬先生的經歷可真是豐富多彩，原來他還參加過飛虎隊，是「飛虎隊」陳納德隊長的譯電員！我們可感興趣了，以前只在電影裏知道飛虎隊，今天還能見着真人。我們催促着他快講，他反倒先賣個關子說：「要聽呀，先考考你們，你們知不知道為甚麼叫『飛虎隊』？」咦？這可從來沒想過，是形容隊員的勇猛，如虎添翼麼？「不是」，馬先生說：「也有人猜是不是飛機上畫着飛虎，其實，飛機上是畫着東西，卻不是飛虎，而是大白鯊。」啊？更奇怪了，那為甚麼叫「飛虎隊」呢，豈不成了「飛鯊隊」了？馬先生開心地笑着說：「是我們每個隊員都有一枚隊章，圖案是飛虎。」還專程找出來給我們看。但見隊章是銳角形，本身就帶飛動之勢，上面是一隻生着雙翼的老虎，齒爪悉備、形神畢肖。只是這虎卻不是吊睛白額猛虎，而是一隻稚氣未脫、虎虎生威的小老虎。呵呵，果然是「乳虎嘯林，百獸震惶」啊。

談起現在正在進行的往國內高校捐書活動，馬先生更是神采飛揚。這個非營利性公益行動「贈書中國計劃」，2004年底由馬先生在美國發起成立，那一年他已經84歲。馬先生不僅親自去找那些退休的老教授洽談，說服他們將多餘的圖書捐出；如果哪位老教授過世、圖書又無人繼承的話，他更是得忙着商洽、打包、托運；而且這麼多圖書，他還得尋覓儲存的倉庫、輸送的管道、押送的人員，甚至時不時還要親身上陣。其中有一張照片，身後一排高高的已經打包完畢的圖書，馬先生一身「短衣幫」打扮，和共同忙碌的幾位先生笑得正是愉快。杜子美讚曹霸的詩，我移來改了兩字，形容馬先生卻是極恰：「捐書不知老將至，富貴於我如浮雲。」

照我愚笨的想法，若是有人要贈書給一個讀書人，他一定樂不可支地笑納，國內的圖書館想必也是喜出望外吧？誰想卻並不這麼簡單，馬先生說，有的圖書館說出版五年以上的圖書不要，有的圖書館希望所有捐贈的圖書都一一寫明書名、作者、種類、出版社、出版年份、書價。馬先生搖頭歎息說：「那麼多書，我一個老頭子，哪有這個時間和精力呀。」而且，個人認識的教授也有限，美國這邊的書源也不好找。還有人說馬先生一個人想做加強中國大學圖書館的館藏建設大工程，是「好大喜空」。馬先生哭笑不得，2005年春寫下一首打油詩自嘲。〈八五自嘲打油詩〉：

> 青春已過八十五，應該在家享清福。
> 三個子女都孝順，孫子孫女也勤讀。
>
> 大概生來勞碌命，不做事情不舒服。

今年又正是雞年，不能聞雞不起舞。

所以決定去找書，把書討來送大陸。
可能收到不會多，但是也不無小補。

討書有些像討飯，求爺拜奶常空撲。
有時碰壁傷腦筋，還為搬書勞筋骨。

往往有書弄不到，是我方法太落伍。
也許吃力不討好，你說命苦不命苦？

　　但是，馬先生又微笑道：「可是國內還有很多圖書館喜歡、想要這些外文書，只要他們需要，我就還會一直做下去。何況，現在還有很多像你們這樣的年輕人幫我。」

　　難怪馬先生得知我是在國家留學基金委設立的「國家建設高水平大學公派研究生項目」中從北大選派到哥大學習的時候，滿含深情地題字勉勵道：「荀子勸學篇裏有一棵小樹叫『射干』。它生在高山之上，樹雖不大，但是因為它在高山上，所以地位很高。海外華僑就那小樹，祖國就那高山。你在國內努力學習，提高祖國的國際地位，我們在海外的華僑都對你表示感激並敬佩」。此題豈為我也？乃是他對國內所有學子的期望與心聲。屈原《九章‧哀郢》道：「鳥飛返故鄉兮，狐死必首丘」，異國的可口可樂再好，也不是孟婆湯，喝得再多也忘不了本性。也許，從踏出國門的那一天起，那顆心就永遠、永遠地留在故國了，任雨打風吹，怎改那一點赤色？無怪乎這老愚公這麼自嘲自願自甘心地擔起這往國

內「移書」的重任，因為這原本是「葵藿傾太陽，物性固莫移」啊！

　　短短一個下午，馬先生還教誨我許多。即便晚飯的時候，還關切地詢問我：「看過《世界是平的》這本書沒有？」慚愧，我竟沒讀過這本書。馬先生說：「你應該看一看，對看問題很有好處。」於是，回去後，我趕緊找來這本書，雖然尚未看完，但已經開卷有益。比如書中說，三十年前，比爾·蓋茨告訴湯瑪斯·弗里德曼，如果你必須在一個出生於孟買或上海的天才和一個出生於紐約州帕基普希的普通人之間做出選擇，你肯定會選擇帕基普希——因為在那裏，過上富足生活的概率要遠大於亞洲城市。「現在」，蓋茨說，「我寧願成為一個出生在中國的天才，而非生於紐約的普通人。」因為，經濟學家們所強調的「進入門檻」早已消失不見，每個人都可以在世界的任何角落裏「隨插即用」。

　　我想，馬先生推薦這本書的用意，就是讓我們這些中國學生更自信吧。因為一個有自信的民族，才是一個更有希望的民族！

與馬大任先生合影

冰雪肝膽尚少年

—— 訪董鼎山先生

　　在所有見過的老先生中，董鼎山先生的衣着是最可愛的。他穿着一件深紫色的 T 恤衫，胸口處印着一個漂亮乖巧的五六歲小女孩，正摟着一條溫順的狗狗笑得燦爛。原來這個小女孩是董先生的小外孫女，狗狗是董先生的愛犬 ——「Trevor」。看董先生時時刻刻把他倆放在心坎的位置，也就可知是如何的「愛之彌深」了。

　　董鼎山先生 1922 年生，小名濟渭，浙江寧波人。董先生少年時可謂是一個小神童，14 歲時就在家鄉寧波《時事公報》副刊上發表〈論戰時寧波中等教育〉，轟動一時。17歲起給柯靈主編的《文匯報》文藝副刊投稿，成為當時名編輯柯靈手下小將之一，與何為、徐開壘、曉歌（坦克）、林莽等為伍，經常在柯靈所編刊物如《世紀風》、《草原》、《筆會》上發表文章，也為孤島時期所流行的《萬象》、《親佳談》、《幸福》等期刊撰寫小説散文影評。1945 年從上海聖約翰大學英國文學系畢業後，考入《申報》當實習記者，

採寫外交、政治新聞，後到《東南日報》做地方新聞編輯，同時為一些刊物撰寫小說、散文，開始在文壇上小有名氣。1947年出版《幻想的土地》短篇小說集，同年秋入美國密蘇里大學，獲新聞學碩士學位後，於1952年赴紐約《聯合日報》主持國際新聞版。歷年英文著作散見《紐約時報》、《洛杉磯時報》、《美聯社特寫》、《星期六評論》、《巴黎評論》、《新領袖》、《圖書館書月刊》。為《美中評論》、《新亞洲評論》經常撰稿人。1964年在哥倫比亞大學獲圖書館學碩士學位，即受聘入紐約市立大學圖書館任資料參考部主任，後升任資深研究教授、英美文學兼亞洲資料專家，直至1989年榮休。

董先生的家，可以以兩字形容之——「雅潔」。傢俱和地板都纖塵不染、光亮如新；風格是中西合璧式，卻調和得如此和諧、淡雅，只覺處處可入圖畫。如果說「聞香識女人」，那麼自然也可以「看家識主婦」了，董先生必然有一個好太太。

懷宇兄無意中挖出一個新聞：原來董先生39歲才結婚，這可真是典型的晚婚了。懷宇兄一高興，一不小心說了一句傻話：「那您39歲還結甚麼婚？」惹得我和紅豔大笑，一齊刺他羞他：「瞧你說的，難道先生39歲了就不能結婚了不成？」懷宇兄自知口誤，也不好意思，也氣我們「太壞」，分辯道：「你們這些小丫頭懂甚麼！我的意思是，先生幹嘛等到39歲才結婚？」先生可真是典型的文人啊，好可愛好坦白地說：「可以多交幾個女朋友，多挑一挑麼！」我和紅豔心照不宣地相視一笑：杜牧，杜牧！先生既然這麼直率，我們這些晚輩越發沒規矩了，笑着追問：「那您最後挑了一個啥樣的呀？」因為知道董先生的太太是瑞典人，想想銀幕

上傾國傾城、顛倒眾生的葛麗泰‧嘉寶、英格麗‧褒曼，再想想董先生的千挑萬選，這董太太想來定是一個外國美人。想不到先生卻突然很認真地說：「結婚和談戀愛可是不一樣的。很多男的都說找老婆要多麼漂亮多麼甚麼的，我不這麼想。結婚，最重要的是看這個人好不好。我向她 —— 我現在的太太 —— 求婚，就是看重她人好，真是好！」很少有人結婚這麼多年這麼讚美太太的吧，或者就是稱讚也多是放在心裏我們這些晚輩也不知道，想來董先生的太太必然是頂不錯的，要不先生怎麼這麼不惜用了「真是好」來感歎呢？我們按捺不住好奇，又急急地問：「那師母怎麼個好法呀？」「她呀 —— 」先生倒突然有點不好意思了似的：「真是個賢妻良母，又溫柔……就說現在吧，我是愈老愈想念中國菜了，可惜身體不好，不能老出去吃；也沒有幾家地道的中國餐館，她就去 China Town 去學，跟人家師傅去學中國菜。」正說着，門鎖輕輕地轉動，一位瘦高的太太走了進來，這就是師母了，我們趕緊站起來問好。先生趕忙用英語介紹我們的身份和來意，師母微微一笑，禮貌地跟我們打了招呼，就輕輕地進入里間去了。師母的相貌果然不是頂美的，不過給我印象最深刻的倒是她的身材。師母看起來那麼高，腿那麼長，再加上瘦不盈肌，要是刮一陣風，非得迎風飛去不可。想到師母這麼大年紀了，又是外國人，身體又這麼單弱，但為了照顧先生的口味，卻這麼不辭辛苦地去學除了中國話以外就是最難學的中國菜，就更可廝敬了。這雖是小事，但哪裏只有驚天動地的愛情才是愛情？那張敞也只不過為妻子畫過眉，孟光也不過為梁鴻舉過案，李清照和趙明誠也不過賭過茶背過書……卻都成為後人津津樂道、追慕不已的佳話

了，若這是愛，那一菽一飯又何嘗不是愛了？正想着，師母又輕輕地走過來，把一盒極精美的巧克力放在我們面前的茶几上，拆開包裝，笑着說：「吃糖。」哎呀，我們趕緊站起來道謝，師母微笑着擺擺手說：「你們談，你們談。」又輕輕地退回里間去了。怕擾了我們說話一直躲在里間，又怕我們受冷落趕忙再送出點心來，師母真是好蘭心蕙性，我們心下歎道，難怪董先生說太太「真是好」，果然是此言不虛啊。

董先生指着巧克力說：「你們吃糖。」但見這盒巧克力極其精美，盒子就是巧克力色的，盒內是一層同色的塑膠內襯，凹下一個個形狀各異的小窩，巧克力就不偏不倚地嵌在小窩裏，正中是一顆醒目的白色圓形巧克力，四周環繞着褐色的各種巧克力，正方形的、長方形的、菱形的、三角形的、扇貝形的、桃形的、心形的……及至放到了嘴裏，才明白一個樣子的巧克力一個味兒，純黑的、牛奶的、夾心的、果仁的……我們也趕緊借花獻佛：「先生您也吃。」董先生只拈了正中那顆白色巧克力，就再也不吃了，只是含笑地催促我們：「你們吃，你們吃，邊吃邊說。」

在中國只生活了二十多年，來美國倒已經五十多年了，可是，「兩情若是久長時，又豈在朝朝暮暮」，先生卻還是固執地「同而不化」，一顆心還是偏向自己的祖國。先生原打算去美國兩年後就回國，誰知風雲變幻，「誤落塵網中，一去三十年」，故國一別，就是三十一年。年復一年的等待中，先生成了一名美國公民，娶了瑞典籍的妻子，有了一個女兒。但故國熱土「不思量，自難忘」，從 1972 年尼克遜總統訪華，中美關係解凍開始，他年年都向中國駐加拿大使館寄去一份簽證申請；並始終讓出生在美國的女兒認歸中國

是自己的祖國。不過看董先生女兒的照片倒也有意思，五六歲時純然是一個外國洋娃娃，愈大長相愈中國化，到了二十多歲，竟儼然一個香港佳麗，和鍾楚紅倒很有幾分肖似。當然，我這話可不是溢美之詞，好歹也是受過北大「有幾分證據講幾分話」訓練的；何況紅艷也大有同感，可備贊證。

1978 年，先生突然收到中國駐美聯絡處主任黃鎮的一封信，同意給他去中國的簽證。「舟遙遙以輕颺，風飄飄而吹衣」，「漫捲詩書喜欲狂」的先生，挈婦將雛興沖沖地踏上回家之路。這次歸國，他不僅探望了闊別已久的親人，也和三十年未通音訊的文壇老友恢復了聯繫。當時老友馮亦代、陳翰伯正在籌辦《讀書》雜誌，久別重逢、喜出望外，不及敘舊，先行索稿，於是從那時起，董先生每月為《讀書》雜誌寫一篇「紐約通訊」。20 年間先後結集出版了《天下真小》、《西窗漫記》、《書、人、事》、《留美三十年》、《西邊拾葉》、《美國作家與作品》、《西窗拾葉》、《第三種讀書》、《紐約文化掃描》、《董鼎山文集》（二冊）、《自己的視角》、《紐約客閒話》、《美國夢的另一面》等書。

經歷了中美兩國長達幾十年的封閉隔絕，先生深深感到促進彼此溝通的必要性和迫切性。作為一位文人，他首先關注的自然是促進中美兩國文化的交流，因此，不僅自己多寫文章，還積極參與兩國的友好交流事務，歷任紐約華人文藝協會副會長、海外中國文藝復興協會副會長、美中人民友好協會會員、國際筆會會員。曾與靳羽西合作《看東方》等電視節目，並多次接受《美國之音》廣播訪問，以及包括美國公共電視公司與 CNN 的美國電視台的訪問。2000 年 12 月，先生榮獲紐約國際藝術中心頒發的「文藝創作終身成

就獎」。

聽到我們說正在訪問夏志清、馬大任等老先生，董先生很是關心，詢問我們這些老先生飲食起居如何。我們說夏志清和馬大任先生的身體和精神都非常好，又談了一些夏先生和馬先生約見我們時候說的一些軼聞趣事，董先生聽得也很開心。無意中，我們提起很想拜望一下唐德剛先生，只是聽說唐先生最近中風住院，前不久才出院回家療養，因身體欠佳幾乎足不出戶，不知可否得見。誰知董先生聽了這話，神情陡然悽然起來，停了半晌，迸出一句話來：「這些老朋友都老啦，我也是，身體愈來愈不好，說不定這次採訪也是最後一次採訪。」我大驚，心一酸，差點掉下淚來，我本來不善言辭，當時更急得不知怎麼說，只趕緊打岔道：「您說到哪裏去了！看您現在身體多好！我們以後常常來，來得還讓您煩呢！」董先生卻似明白了我的心思，寬厚地笑笑，不再提了。

其實，我雖笨嘴拙舌，心裏卻不這麼糊塗，我知道先生為啥突然沒頭沒尾說起這傷心話。2006 年，先生在〈《西洋鏡背後》後記〉中就提到過：「2005 年是令我起了兔死狐悲之感的悽傷一年。與我同輩的名作家有好幾位巨星在新年開首數個月中逝世。除了馮亦代以外，美國文壇有三位巨星先後隕落：蘇珊·桑塔格、亞瑟·米勒、索爾·貝婁，我都寫了紀念文章，列在本書的最後數頁。現在我對自己的疑問是：這本文集是不是我的最後一部？我想，替我辟路的馮亦代可以瞭解我的心情。」人老了，任是怎樣的英雄，在「訪舊半為鬼」的時刻，也不免「人生有情淚沾臆」的。人生大限，「縱浪大化中，不喜亦不懼」，先生是放得下的；可勘

不破的，卻是這「天之涯，海之角，知交半零落」的朋友情分呀。

還有一點，我想說不定先生自己都沒意識到的是，近期的寫作情況影響了他的心情。「近年因老弱多病，作文已不如從前起勁」，「在過去，我每天早晨必寫作一二小時來發洩我閱讀的感受。現在可不成了，寫作量大減」。因為先生太嚴以律己，所以竟不由自主地拿這寫作數量的下降遷怒自己了。其實，讀者心裏都明鏡似的，那些才力不逮或者炒作起來的文字，叫我們哪一隻眼睛看得上呢？我們寧願要先生的一篇，也敬謝不敏那些車載斗量的「宏篇巨著」。

再者，「悲哉，秋之搖落為氣也」，文人本來有這「悲秋」的傳統，身為作家的董先生，情感自然更比一般人敏感和纖細。當了這「四顧何茫茫，東風搖百草」的時令，自然不免有「樂極哀情來，寥亮摧肝心」的傷感。

不管怎樣，我心裏暗暗下了決心，哪一天非拉着董先生找馬大任先生不可。我雖然笨笨的，也不會說話，馬先生可是最樂觀最幽默的，經他妙語連珠地一比擬一開解，董先生的最後一點傷感非拋到九霄雲外不可。再不然，我就拖着董先生一起和馬先生往國內高校送書去，讓他忙得沒功夫生出「廉頗老矣」的感慨。

然而無意中看到茶几上的報刊雜誌，都是當月當天的。問起董先生近日以何事消遣，答語是「上電腦」。「您這麼大年紀了還上電腦？」「那當然了，電腦可是一個有用的工具呢。不過不能多看，我每天起來上電腦，看看回回郵件就關了，要是沉迷到電腦裏可不行，再說電腦上也有太多虛假的、重複的東西。而且我訂了這麼多有意思的書啊報紙啊，

這我還看不完呢。」

　　哎呀，説甚麼傷春悲秋，原來是逗我們玩，先生可還是「酒酣胸膽尚開張，鬢微霜，又何妨」呢，倒教我這個實心眼的拿着棒槌當針（真）了。想起董先生曾經自述道：「當年被人稱『董老』，又是慚愧又氣惱。如今華髮已滿頭，『後生』自居不服老。」願我們的董先生永遠意氣風發，永遠年輕！

與董鼎山先生合影

豈為功名始讀書
—— 宗璞先生訪談

　　電話打通了，我興高采烈一迭聲地説：「宗璞大師姐，是你嗎？你在家嗎？我現在就在北大東門啊，我現在進去找你好不好？」電話那頭親切地説：「張惠呀，好的，但是我現在不在燕園，搬到昌平了。」我大吃一驚，説：「我看您的文章，還有曼菱師姐的文章，不是都寫您在燕園嗎？所以我就直接奔北大來了。」原來 2012 年，北大要籌建馮友蘭先生故居，因此宗璞大師姐搬離了久負盛名的燕南園 57 號三松堂。

　　我到了宗璞大師姐的新居，入門也是一個大園子。正是四月草長鶯飛，一路桃花迎春海棠！那高柳細葉新裁，果然是「菀菀黃柳絲，濛濛雜花垂」。中間臨水而立的《百歲堂》，頗類具體而微的天壇。而且地面非常潔淨，真有點像《紅樓夢》裏説的「但見朱欄白石，綠樹清溪，真是人跡希逢，飛塵不到。」

　　宗璞大師姐那天頭暈，一發作起來十幾二十天也好不

了。但她居然還是見了我，並且要起來到客廳裏和我說話。我急忙說：「大師姐你別起來了，就靠在牀上跟我說話就行了。」宗璞大師姐看着我，微微愣了一下，說：「你多大了啊？」我忍俊不禁，這才猛然醒悟宗璞大師姐是 1928 年生人，比我大幾十歲，我怎麼敢一口一個大師姐呢？可是我覺得有些人是有「文化形象」的。「親朋無一字，老病有孤舟」的杜甫給人的印象就是一個七十老叟，而「俱懷逸興壯思飛，可上青天攬明月」的李白無論如何還是三十歲的壯年模樣 —— 即使實際上李白比杜甫大十一歲！在我的心目中，宗璞大師姐永遠都是〈紫藤蘿瀑布〉裏面的她，受過挫折卻還是對未來飽含希望的年青女郎！

宗璞大師姐也問起我們紅社的事兒，因為這是她、曼菱師姐和我聯合發起的。她也很關心紅社，只是首先自謙說年紀大了，就希望我們能做起來，她在旁邊敲敲邊鼓。其次希望我們這個紅社，大家都能發言才好，你一言我一語的，各抒己見。我就跟她說：「我們可以建立一個微信群，這個群裏面的每個人都可以說話，還可以發上去自己的書法，或者繪畫、攝影作品等等。」我還給她稍微展示了一下別的微信群的情況，她也笑着首肯。

宗璞大師姐現在聽力不太行，所以雙耳要帶上助聽器才能聽我說話，我也就靠在她耳朵邊，然後稍微提高聲音跟她交流。她當時首先就問我最喜歡哪個紅樓人物。我說其實我做講座的時候很多人都會問我這個問題。我跟他們講，我已經不專門喜歡某一個人了，而是像孔子說「擇其善者而從之，其不善者而改之。」因為每個人都有自己的優點，也都有自己的缺點，我想如果單獨愛某一個人過深，固然她的優

點可以學習，可是她的缺點也會影響到我，所以我現在希望能夠對她們保持審美的距離。

宗璞大師姐說她最喜歡的紅樓人物是探春。我有些訝然，因為宗璞大師姐不是多次寫過史湘雲嗎？還特別舉例辯稱史湘雲不是有些紅學家所贊同的脂硯齋，而且並沒有和寶玉因麒麟伏白首雙星，而是嫁了才貌仙郎衛若蘭。不過轉念一想，探春曾經說過：「我但凡是個男人，可以出得去，我必早走了，立一番事業，那時自有我一番道理。」宗璞大師姐欣賞她，應該是探春能夠自立一番事業的志氣吧！

我問她，您知道您父親的《中國哲學史》對韓國總統朴槿惠影響有多深嗎？我靠在她耳邊，說起朴槿惠在母親遇刺之後陪在父親身邊，女代母職履行第一夫人的外交事務。萬萬沒有想到幾年後父親也遇刺，剛剛得知這一噩耗，就在瓢潑大雨中，被士兵監管着勒令立即搬出總統府。渾身濕透的朴槿惠抱着紙箱等電梯，財政部長看到她，那個在她父親生前一直諂媚地追着她家口口聲聲要兒子和朴槿惠結親的財政部長，這時冷漠地把頭轉到一邊假裝沒有看到。後來，在身體和精神雙重打擊下的朴槿惠生了病，正當芳年卻莫名其妙地臉上身上長滿了黑斑。而她僅有的親人，她的弟弟妹妹當時也不理解她，甚至也對她大加指責，她曾經變得孤僻、易怒、悲觀，幾乎瀕臨崩潰的邊緣。偶然地，她接觸到了馮友蘭先生的《中國哲學史》，回顧往事，她說：「我找到了人生的燈塔。」在每一個夜不能寐孤燈挑盡的時分，在每一個萬箭穿心嚎啕大哭的時刻，都是《中國哲學史》陪伴她，走過無盡的黑暗和無邊的絕望。

宗璞大師姐靜靜地聽我說，沒有打斷我。只是在我說

完，深深地看着我，輕輕地説：「我知道的，我知道的。」

　　我們説了一會話，宗璞大師姐想起來送我她的書，就跟滿意姐姐説把她的三卷本《野葫蘆引》拿來。滿意姐姐説：「哎呀家裏那個《野葫蘆引》已經沒有啦送完了，在別處還有，要不然就打電話讓那邊送過來？」宗璞大師姐想了想説：「不對呀，你去書房看看，我記得書房還有幾本。」滿意姐姐看了一下，還真的有，就拿來了。宗璞大師姐説着説着，又説：「把我的那本散文集《雲在青天》也送給張惠一本。」滿意姐姐找了一下，説：「你忘了咱們整理書的時候，這種書都壓在最底下，可能很難找到。」宗璞大師姐略事思考，讓她去另一個房間的書櫃頂上看一下。果不其然，就在那裏！滿意姐姐和我都驚歎，她的記憶力真是非常非常好，簡直我們年輕人都比不上她。

　　臨走的時候，宗璞大師姐還給我出了一個題目，她説：「你看古詩裏面經常把在外的遊子比喻成王孫，比如説『芳草年年綠，王孫歸不歸？』，『又送王孫去，萋萋滿別情』等等，他們未必都是王孫，那為甚麼要把他們説成是王孫呢？」我首先跳到腦海裏的想法是不是提高了他們的地位？但是我也不敢確定，所以回答説回去好好查閱一下。

　　曼菱師姐告訴我，宗璞大師姐來雲南田野調查的時候，一點也沒有名門之女的驕嬌二氣，而是事必躬親，親力親為。我想起宗璞大師姐《雲在青天》的記載，她曾經去北大校醫院看望自己的老師，一位美國教授，那個教授想出去走走，一個護士説：「外面下着雨呢，不能出去」；另外一個護士説：「就是外面不下雨，也不能出去」，因為那個時候她的老師已經一百歲了。可是那個老師就用英語説：「哎呀，讓

我出去。」宗璞大師姐可能看到了老師眼睛裏面那種非常充滿了希望的光芒，我覺得當時這對她也是一種震撼吧！所以她到雲南的時候，也堅持自己親自去考察。

宗璞大師姐的精氣神也給了我很大的震撼，你看一下照片中她的眼睛多亮呀！就跟我的眼睛那麼亮似的。要知道，宗璞大師姐做過三次視網膜脫落的手術，可是她的眼睛沒有老年人那種渾濁，還是那麼閃閃發光的感覺，我感到心裏特別高興。記得剛見面宗璞大師姐劈頭就說：「你的《紅樓夢研究在美國》我看過了，寫得不錯，很下工夫，讓我瞭解了很多現在國外對《紅樓夢》的研究情況。」我當時楞住了，因為知道宗璞大師姐現在眼睛不太好，無法閱讀，怎麼看的呢？原來她竟然是讓人一字一句念給她聽，聽完了絕大部分。要知道我那本書可是三十多萬字啊！驚訝和感動一時全湧上心頭，卻不知說甚麼好。

在拿書的間隙，我看到書桌的玻璃板底下壓着幾片銀杏葉。我問宗璞大師姐是不是從燕園帶過來的？她卻說不是，河南老家也有銀杏樹，是老家人送來的。可能是同鄉的緣故吧，我陡然對這幾片銀杏葉更多了幾分親切。書桌左邊牆上懸着宗璞大師姐最喜歡的一片大理石，使我想起文天祥的「臣心一片磁鍼石，不指南方不肯休」。可是那個著名的紅豆呢？那個裝在「小小的有象牙托子的黑絲絨盒子」裏，「鑲在一個銀絲編成的指環上，沒有耀眼的光芒，但是色澤十分勻淨而且鮮亮」的「血點兒似的兩粒紅豆」呢？我知道這是小說的虛構，但因它那樣親切那樣實在，簡直覺得是實有其物了。我們都是從她那篇優美得像詩一樣的小說〈紅豆〉對這兩顆紅豆留下了深刻的印象，但作者本人卻為此吃盡苦

頭。短篇小說〈紅豆〉宗璞大師姐創作於 1956 年 12 月，並於 1957 年在《人民文學》「革新特號」上刊載出來。文章發表以後當即引起讀者的喜愛，同時也引起了文學界的不少爭論。在「反右」鬥爭開始後，《人民日報》、《中國青年報》、《文藝月報》等先後登載了批判〈紅豆〉的文章。宗璞大師姐一家在文革中深受迫害，焦慮和悲痛一直壓在她心頭，後來弟弟又身患絕症，宗璞大師姐於悲痛徘徊之際，見一樹盛開的紫藤蘿，由花兒自衰到盛，睹物釋懷，感悟到人生的美好和生命的永恆，就像她在〈紫藤蘿瀑布〉裏面說的：「花和人都會遇到各種各樣的不幸，但是生命的長河是無止境的。我撫摸了一下那小小的紫色的花艙，那裏滿裝生命的酒釀，它張滿了帆，在這閃光的花的河流上航行。它是萬花中的一朵，也正是一朵朵花，組成了萬花燦爛的流動的瀑布。在這淺紫色的光輝和淺紫色的芳香中，我不覺加快了腳步。」

宗璞大師姐的父親馮友蘭先生在多次住院、雙目幾乎完全失明的情況下，95 歲高齡時完成《中國哲學史新編》，如今，也是雙目幾乎完全失明的宗璞大師姐每天上午依然堅持寫作，繼續撰寫曾獲得「茅盾文學獎」的《野葫蘆引》的最後一卷，這種以生命弘道的文化基因可謂薪盡火傳。宗璞大師姐在很年輕的時候就遭受這樣無理嚴厲又無情的批判，飽受重重打擊，卻不放棄不絕望，終生獻身文化事業，如今雙目難視依然筆耕不輟，真是「亦余心之所善兮，雖九死其猶未悔」，她的文化執着就是她的生命線啊！

我想，傳統文化的踐履者，不但在其腹笥積厚，口吐煙霞，亦要懷有「當年蓬矢桑弧意，豈為功名始讀書」之毅士精神！

與宗璞先生合影

悼哲人之長往，懷斯文之永存

—— 饒宗頤先生憶念

　　剛好有幸參與過香港浸會大學饒宗頤國學院和深圳大學饒宗頤文化研究院的成立過程，在此期間有兩件小事給我留下了非常深刻的印象。

　　2012 年，當時任香港浸會大學中文系系主任的陳致教授籌備成立香港浸會大學饒宗頤國學院期間，曾帶領我們幾位老師一起去香港大學饒宗頤藝術館拜訪。我記得當時饒宗頤教授精神矍鑠，依次親切地與我們握手，並合影留念。藝術館的藏書很豐富，參觀的時候我隨手一翻，竟然發現了之前一直聽說過卻沒有見過的《紅樓夢的兩個世界》的英譯本。我大喜過望，立刻請求說可不可以複印。現在想想，作為一個初次拜訪的年輕小教師，這個要求實在是有點太冒昧了。但是饒宗頤藝術館立即安排了複印並當即就把資料交給了我，不但沒有收取費用，還勉勵我善用資料好好研究。

　　這件事情使我感受到饒公獎掖後進不遺餘力。同時饒宗頤藝術館不僅有豐富的中文藏書，還有許多西文藏書和期

刊，使我領略到饒公中西兼備的博大深沉。

2016 年，深圳大學劉洪一書記、李鳳亮校長、田啟波主任在籌備成立深圳大學饒宗頤文化研究院期間，曾組團來香港參加饒學聯匯。他們先是參觀了香港浸會大學饒宗頤國學院，並與陳致院長親切交流。晚上在灣仔會展中心大家一起出席了盛大的饒學聯匯。當時全國各地二十餘家饒宗頤國學院、文化研究院、藝術館等學術團體參加，由當時的行政長官梁振英先生主持。晚上圓桌晚宴還由未來的行政長官林鄭月娥女士坐在饒公旁邊相陪（當時林鄭月娥女士還未當選行政長官）。在台上合照之後，大家也非常希望能夠和饒公單獨合影，所以依次排在圓桌旁邊等待。因為拍照的時間和角度，陪坐旁邊的林鄭月娥女士要頻頻避讓。但是林鄭月娥女士始終面帶微笑，不以為忤。這不僅使我領略到大家對饒公的景仰，也認識到香港對饒公的愛護。全國饒學聯匯和香港兩任行政長官對饒公的態度，實際上也反映了內地和香港對饒公學術的敬重。

2017 年深圳大學饒宗頤文化研究院成立，我有幸成為客座教授並應邀做了紅學講座。2012 年在香港大學饒宗頤藝術館查找紅學資料，2017 年在深圳大學饒宗頤文化研究院做紅學講座，這是多麼奇妙的緣分。饒公的學術清輝，柔光普照，小小分潤，已是我前行路上之明燭。

2017 年耶誕節之際，饒宗頤教授還為深圳大學饒宗頤文化研究院院長劉洪一書記的新作《兩界書》題詞「兩界智慧書」，這說明饒公直到生命的最後，都對學術念茲在茲，無時或忘。

借香港浸會大學饒宗頤國學院陳致院長悼詞以表我輩懷

念之情：

　　南天柱折，北辰星黯，頌饒公其千古，奠心香之一瓣。惟望闡揚饒公之治學精神，弘益饒公之學術成就！悼哲人之長往，懷斯文之永存！

與饒宗頤先生合影

第二章 中西經典新評

親歷：月亮的背面！

二十年前，我們的前輩有一個終極之問：

是甚麼力量讓我們淚流滿面？

二十年後，我可以負責任地告訴他：

明天發不出薪水就能讓我們淚流滿面！

在紙媒的冬天，我這個有情懷的小編已經撐不下去了啊喂！當年認為五斗米算個毛，現在我保證覺得六便士比月亮圓！

天啊，又坐到半夜啥新聞、啥隨筆也沒寫出來。清冷的月光打在我空白的文檔上，似乎也是一種譏諷。算了我還是出去走走，萬一碰上了人咬狗呢？那新聞素材就有了。

同行對手把錄音視頻剪輯得當事人的媽都不認得，再起個爆炸性標題，當事人氣得半死是吧？你看不慣是吧？可人家賺得盆滿鉢滿，你呢，是不是只落得個「明天的早餐在哪裏？」

月光如銀，我百無聊賴地踩着它往前走，不知溜達了多

少圈，抬手一看，喲，怎麼計步器上是八萬一千多步？明天我肯定佔據運動群榜首。但是有點奇怪，這南國的天氣，我又走了這麼多步，應該熱才對，我怎麼愈走愈冷了？阿嚏！

抬望眼，我懵了！這這這、這是甚麼地方？！我家附近甚麼時候有了個 Cosplay 大公園？我環顧四周，有點驚駭地發現：滿地都是銀沙，每走一步都沒到腳踝，可是沒有任何阻力，眼前矗立着巨大的宮殿，台階門窗，薨瓦欄杆，全都是羊脂白玉做的。表裏澄澈，上下清輝。殿畔只有一棵孤零零的桂花樹，偶爾銀色的桂花無聲無息地飄下，落到地上，散成銀沙。花怎麼會變成沙？我不可思議地彎腰抓起了兩把，天啊，真變成了沙，啊啊啊，這是甚麼詭異的世界？我還是趕緊逃！

沒等我邁步，殿門無聲無息地開了，我心裏急死了想跑身體卻一動也不能動，喉嚨像被甚麼扼住了喘不上氣來，莫非我命休矣？

根本沒看見移動，來人已經立在桂花樹下，這是？這是？我的認知又崩潰了！這不可能！這不可能呀！

她跟傳說中和畫像裏一模一樣，絕美的臉龐上滿是高傲和冷漠，身上只披着薄紗金縷衣，啊，腳邊還有一隻兔子！

身上只披着薄紗？我忍不住偷瞄她的胴體，啊？就像看一隻白熾燈管，光線刺得我立馬不敢直視，是她的薄紗還是她的身體，竟然在發光？啊，鬼啊！

我沒看見她嘴動，但是耳邊明明聽到了嬌軟卻冷冽無比的聲音：

「登徒子！」

饒是這地方凍得我瑟瑟發抖，不知為何我忽然老臉

一紅。

　　又傳來這冷冽徹骨的聲音：

　　「你怎麼來了？」

　　我還氣得半死呢，誰想來了？怎麼莫名其妙地……不對啊，這一定都是幻象！幻象！甚麼月宮，甚麼嫦娥，都是假的！我怎麼可能走着走着就能從地球走到月亮，這完全違反了物理定律……我肯定不是在做夢就是遇到了鬼打牆！

　　「哈哈哈」，我的耳邊飄過一陣銀鈴似的笑聲：

　　「你以為不存在就不存在？那你們人類以前還以為質子、微波、量子糾纏不存在呢！」

　　「我……」，我一時語塞，氣急之下，突然抓到了一根救命稻草：「昨天的新聞剛報了，我們中國登陸了月球，和以前我們從課本上瞭解到的一樣，月球上沒有空氣，沒有水，表面也坑坑窪窪，更不要説甚麼美女甚麼花！」

　　「哈哈哈」，那女子將廣袖微微一揮，我眼睜睜地看着眼前的殿閣花樹銀沙折疊着流瀉到地下，不過一霎眼，我所站之處，與所見之處，就是廣垠荒漠坑坑窪窪！我難以置信地用腳踩，又跪下來用拳頭敲，可這地面確實是堅硬的，不是空心的。難道我剛才在做夢，現在醒了？房子和樹怎麼可能折疊着流入地下，這一點也不科學！

　　「科學？科學幾毛錢一斤？你們人類有科學才多少年？就妄想着解釋一切？」

　　不等我自我安慰完，一晃，殿閣花樹銀沙，嫦娥又顯現在我面前。

　　「那，那為甚麼我們的登月記錄、照片全都是沒水沒植物到處坑坑窪窪？」

「你們見到的只是月亮的背面！」

「背面？為甚麼不讓我們看正面？」我一激動，頭猛一抬，我怎麼還是坐在自己的書桌前？剛才只是一場夢？

不，不是夢！我的手裏還攥着兩把銀沙！毫無重量，幽幽地發着冷光，這不是地球上的東西！

天啊，我剛才真的上了月亮！月亮上真有桂花嫦娥！她不想人家打擾她，所以只讓我們看月亮的背面……可是幾千年太寂寞了，所以偶爾會有像我這樣的人被選中去一趟，那些寫下傳說的人肯定和我都一樣，是見過月亮正面的人！一定是這樣！天啊，天啊，我發現了一個爆炸性新聞！一定要趕緊寫下了，趕緊寫下來！震驚世界、功成名就……

沒等我敲下一個字，銀沙突然緩緩地化成了銀色的水，我大驚，趕緊用手去捂，又手忙腳亂地抓起一張紙去接，同時急火火地還想拿起手機去拍，但一切都是徒勞，銀水無聲無息地氣化了，從我的指縫間漏成了光，和桌前銀色的月光融為一體，彷彿甚麼都沒發生過。

這一刻，我是真的淚流滿面。

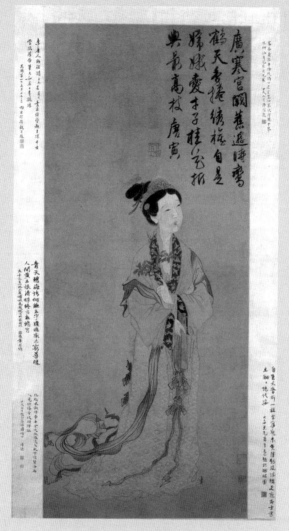

明·唐寅《嫦娥執桂圖》

現實的月亮背面和浪漫的
中國仙人

　　昨天的文章〈親歷：月亮的背面！〉談到了小編來到了月亮，故事裏小編能夠從地球上走到月亮，仿的是晉‧張華《博物志》卷十「乘船上天」:「舊說云：天河與海通。近世有人居海渚者，每年八月有浮槎去來，不失期，人有奇志，立飛閣於槎上，多賫糧、乘槎而去。十餘日中猶觀星月日辰，自後茫茫忽忽亦不覺晝夜。去十餘日，奄至一處，有城郭狀，屋舍甚嚴。遙望宮中有織婦，見一丈夫牽牛，渚次飲之。」

　　相傳天上的銀河與地上的大海是相通的。近代有人住在海島上，每年八月有木筏往來於銀河與大海之間，從來不誤時限。有個胸懷奇志的人，在木筏上建了一座高閣，帶上不少糧食，乘上木筏向銀河漂去。開始十幾天裏，還能觀看日月和星星，後來就恍恍惚惚，也分不出白天和黑夜。走後十

多天，突然到了一個地方，有城市的樣子，房屋十分整齊，遠遠望去房子裏有織女。又看見一位男子，正牽着牛，在河中小島的水邊讓牛飲水。

小編踩着月光，走了八萬一千多步走到月亮，是因為合「九九八十一」之數。

天上的仙子與人間男子相見，典故就更多了，最古老的莫過於《穆天子傳》。

《穆天子傳》是一部記錄周穆王西巡史事的著作，書中詳載周穆王在位五十五年率師南征北戰的盛況，有日月可尋。體裁有別於《左傳》，名為傳，實際上屬於編年，是以周穆王的活動為中心的實錄性散文，其體例大致與後世的起居注同。所以《隋書‧經籍志》最早將其歸列為「起居注類」，《新唐書‧藝文志》也把它列入史部起居注門類。在《穆天子傳》卷三中記載了他和西王母相見的故事：

> 「吉日甲子，天子賓於西王母。乃執白圭玄璧，以見西王母。好獻錦組百純，組三百純。西王母再拜受之。乙丑，天子觴西王母於瑤池之上。西王母為天子謠，曰：『白雲在天，山阤自出。道裏悠遠，山川間之。將子無死，尚能復來？』天子答之，曰：『予歸東土，和治諸夏。萬民平均，吾顧見汝。比及三年，將復而野。』」

周穆王鄭重地挑選了黃道吉日，於甲子日，帶上貴重的白圭玄璧和華美的絲織品等禮物前去拜見西王母。西王母再三拜謝後欣然接受。乙丑日，天子與西王母共飲於瑤池之上。西王母為天子唱詠歌謠，唱道：「白雲在天上漂浮，是白雲自山間出，還是山陵來於白雲呢。道路悠遠，山水阻

隔，要再相見恐怕非常困難，如果你能長命百歲的話，你還會回來看我嗎？」天子回答說：「我必須得回歸東土，治理百姓。使百姓生活富足，才能回來見你。大概三年後吧，我再回到這裏來看你。」

後來，唐代詩人李商隱臨風懷古，思接千載，寫下惆悵萬端的七言絕句〈瑤池〉：

> 瑤池阿母綺窗開，
> 黃竹歌聲動地哀。
> 八駿日行三萬里，
> 穆王何事不重來？

「八駿日行三萬里，穆王何事不重來」。儘管穆天子有日行三萬里的八匹駿馬和無比的富貴尊榮，可他再也無法赴瑤池與西王母相會了，因為他的生命已經終結，駿馬追不回，皇權換不回，西王母也等不回。

還有大家非常熟悉和嚮往的千古名篇〈洛神賦〉，也是曹植在洛水遇到「翩若驚鴻，婉若游龍。髣髴兮若輕雲之蔽月，飄颻兮若流風之回雪」的神妃仙子。然而，當洛神「指潛川而為期」請他去水府相會之時，曹植卻畏懼了，他終於「恨猶豫而狐疑」。當洛神失望地消失之後，曹植又「思綿綿而增慕。夜耿耿而不寐」，「悵盤桓而不能去」。

結尾是像〈桃花源記〉。漁人在桃花源中受盡「設酒殺雞做食」的熱情款待，但是一出來他就找官府告發，然而等他領着官兵再去的時候，「遂迷，不復得路」。

但是，希望大家不要認為「小編」是一個壞人。自古以來，能被仙子挑來相見之人，都是風流俊逸，比如張華

（232 － 300），字茂先。西晉時期政治家、文學家、藏書家，西漢留侯張良的十六世孫、唐朝名相張九齡的十四世祖。更不用說陳思王曹植和穆天子。小編能夠來到月宮，也是因為他腹有詩書而又不肯變心從俗，像他的對手那樣為了名利甚麼都可以做。最後他淚流滿面，是因為他突然醒悟，因為他在名利當頭之際終於動搖，所以仙子贈他的銀沙才化成了月光離去。

「人生若只如初見」！

親愛的朋友，雖然人生之路「道阻且長」，但是真希望大家不要像「小編」一樣，忘記了美，背棄了自己的初心。

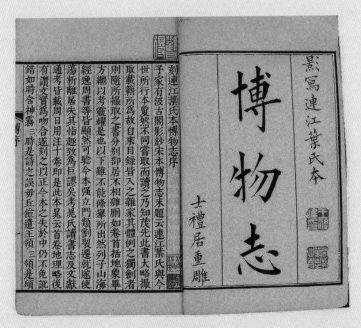

影寫連江葉氏本

博物志

士禮居重雕

刻連江葉氏本博物志序

予家有汲古閣影鈔宋本博物志末題云連江葉氏與今
世所行本復然不同嘗取而讀之乃知茂先此書大略撮
取載籍所為故自來目錄皆置入之雜家其體例之獨刱者
則隨所攝取之書分別部居不相雜廁如卷首括地象畢
方繼以考靈耀是也以下雖不能條舉所列子山海
經逸周書等昔顯然可驗今本強立門類劉裂竄竄使
蕩析離居失其指趣致為巨謬矣考惢氏讀書志及文獻
通考皆載周日用注十卷即是此本惢云首卷地理略後
有讚文實為吻合遂刻之以正今本之失於中仍不免訛
錯如時合神霧三時是詩之誤毋丘儉遣王領三領是頎

博序　　　　　　　　一

古本《博物志》

鼠年說鼠：中國歷史上最有影響力的三隻老鼠

今年是鼠年，我給小朋友們說説中國歷史上最有影響力的三隻老鼠。

一隻是《詩經·碩鼠》中的老鼠，一隻是秦始皇時期丞相李斯的老鼠，一隻是漢武帝時期酷吏張湯的老鼠。《詩經》中的老鼠現在還活着；李斯因為一隻老鼠，最後變成了丞相；張湯因為一隻老鼠，最後變成了酷吏，現在被尊稱為法律界的祖師爺。所以，你看老鼠厲害不厲害？

第一首老鼠詩歌

《詩經》中的〈碩鼠〉可以稱得上是中國第一首老鼠詩歌了，因為裏面的主角是一隻大老鼠。詩人這樣詠歎道：

碩鼠碩鼠，無食我黍！三歲貫女，莫我肯顧。逝將去女，
適彼樂土。樂土樂土，爰得我所！
碩鼠碩鼠，無食我麥！三歲貫女，莫我肯德。逝將去女，
適彼樂國。樂國樂國，爰得我直！
碩鼠碩鼠，無食我苗！三歲貫女，莫我肯勞。逝將去女，
適彼樂郊。樂郊樂郊，誰之永號！

如果翻譯成白話文，意思就是：

大老鼠呀大老鼠，不許吃我種的黍！多年辛勤伺候你，
你卻對我不照顧。發誓定要擺脫你，去那樂土有幸福。那樂
土啊那樂土，才是我的好去處！

大老鼠呀大老鼠，不許吃我種的麥！多年辛勤伺候你，
你卻對我不優待。發誓定要擺脫你，去那樂國有仁愛。那樂
國啊那樂國，才是我的好所在！

大老鼠呀大老鼠，不許吃我種的苗！多年辛勤伺候你，
你卻對我不慰勞！發誓定要擺脫你，去那樂郊有歡笑。那樂
郊啊那樂郊，誰還悲嘆長呼號！

其中，黍和麥都是農耕時代最重要的糧食作物，而大老
鼠卻把這些吃得乾乾淨淨，辛辛苦苦種地的人則甚麼都得不
到。其實，這是用了比喻的手法。〈毛詩序〉是《詩經》的序
言，在解釋〈碩鼠〉這一篇的時候，說大老鼠是諷刺君主，
橫征暴斂，蠶食於民。朱熹在〈詩序辨說〉裏認為，未必直
以碩鼠比其君也，是托於碩鼠以刺其有司。但不管如何，大
老鼠指的是剝削者。那麼，只要有剝削者存在，《詩經》中
的老鼠就還活着，不是嗎？

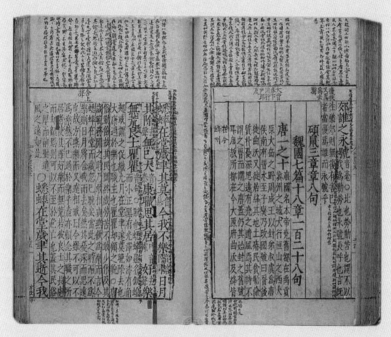

古籍裏的《詩經·碩鼠》

第一篇老鼠哲學

秦朝時期的李斯在少年時，家境貧寒，成人後，因辦事幹練，被人舉薦為看管糧倉的小吏。有一次，李斯來到廁所，看到這裏的老鼠，吃的是骯髒的糞便，一見到人和狗的蹤影就嚇得四散逃奔。李斯又來到糧倉，卻看到這裏的老鼠吃的是堆積如山的穀粟，住在寬大的糧倉裏，見到人來，也大搖大擺毫不害怕。李斯感歎良久：一個人有沒有出息，就像這兩種老鼠，在於能不能給自己找到一個好的平台。譬如老鼠，在廁所裏吃屎的，驚恐不安；而在大倉裏吃糧食的，卻安逸自在。這就是李斯著名的「老鼠哲學」。李斯因為頓悟了「老鼠哲學」，發憤圖強，拼搏進取，最終成為秦始皇的丞相。

李斯拜相之後，反對分封制度，堅持郡縣制；主張焚燒民間收藏的《詩》、《書》等諸子學說，禁止私學，以加強思想統治；參與制定法律，統一車軌、文字、度量衡制度。李斯的政治主張的實施，對中國和世界產生了深遠的影響，奠定了中國兩千多年封建專制的基本格局。

毀譽參半的李斯

第一則老鼠法律

漢代的張湯幼時貪玩，有一次，他的父親出外，叫張湯看家。回來卻發現家中的肉被偷吃，父親以為是張湯幹的，大發雷霆，鞭笞了張湯。張湯無辜挨打，非常氣憤，他認為這一定是老鼠幹的壞事，反而讓自己背鍋。於是，張湯掘地三尺，抓住老鼠，找到了吃剩下的肉，立案審訊老鼠，並且還給老鼠寫了判決書，「傳爰書，訊鞫論報」，文辭如老獄吏一樣老練，然後用酷刑將老鼠處死。張湯的父親大為驚訝，深感這個孩子實在不一般。父親死後，張湯繼承父職，為長安吏。

後來，張湯受到漢武帝器重。他和趙禹編定《越宮律》、《朝律》和「見知故縱」等法律，還參與了幣制改革、鹽鐵官營、算緡、告緡等事務，當時有「天下事皆決於湯」的說法，權勢一時威震朝野。

但是，張湯在執行法律的時候過於嚴酷，甚至發明「腹誹罪」，也就是嘴裏不說但心裏不滿也有罪。被公認為「酷吏」，後來有人誣陷張湯和商人田信暗地來往，謀取暴利，張湯被迫自殺。張湯死後，抄沒的財產只五百金，大多來自俸祿和賞賜，下葬時只有一口薄棺。漢武帝痛悔，處死誣告者。

綜合這三隻老鼠，我們有沒有發現一個共同點？——因果。第一首老鼠詩歌，因為剝削者太過殘暴，導致被寫入詩歌，遺臭萬年。第一篇老鼠哲學，李斯用不同位置的老鼠境遇鞭策自己，終於位極人臣，可是，在秦始皇死後，他為了保住自己的高官厚祿，保持「穀倉老鼠」的地位，不惜勾

結太監趙高偽造遺詔，迫令公子扶蘇自殺，擁立胡亥為二世皇帝，後為趙高所忌，在秦二世二年（前 208 年），父子腰斬於咸陽，夷滅三族，連廁所的老鼠也比不上了。第一則老鼠法律，張湯判斷出作案者為老鼠，抓住老鼠、審判老鼠，都體現出他非同一般的才智，然而他用酷刑處死老鼠，已經有了後來「酷吏」的根底。他最早是被冤枉偷吃了肉，最終是被冤枉謀求了暴利，這看起來似乎是輪迴或者老鼠報仇，實際上，這和性格有一定關係。他後來掌握了巨大的權力，又輔助漢武帝進行改革，難免觸動別人的利益，才會遭人暗算。而為人清正者往往剛直，不太容易與人相處，也不太會保護自己，張湯無以自明，只好自殺明志。

但願這三隻老鼠的故事也給小朋友的為人處事一點啟發。

人稱刀筆吏的張湯

那些因貧窮招致的猜疑與屈辱

在現代，貧窮是一個詞，就是指人沒錢。而在古代，「貧窮」是兩個詞，「貧」是沒錢，「窮」是不得志。所以王勃才會在〈滕王閣序〉裏面說「窮且益堅，不墜青雲之志」，勉勵自己要好好奮鬥。

《戰國策》裏有個故事，江上的一個貧家女子和一群富家女子晚上一同紡麻織布，自己卻沒有燈燭，那些富家女子們覺得吃虧，想趕走她。貧家女說：「我因為沒有燈燭，所以常常先到，打掃房屋，鋪設坐席，你們何必吝嗇照在四周牆壁上的餘光呢？希望把多餘的光亮賜給我。」你看，你沒有錢，你的很多付出都是被人無視的。

《史記》曾載，張儀曾任楚國相國昭陽的門客，昭陽得到和氏璧，大為喜悅，召門下共飲傳觀，後來卻莫名其妙丟失。當時座上客雖多，楚相下人卻認為張儀最為貧窮，一定是人窮志短偷了和氏璧，於是將他毒打數百下，把奄奄待死的他扔到街上。

張儀真的偷了和氏璧嗎？應該沒有，因為後來沒有任何他和和氏璧關聯的記載；而從張儀後來的成就來看，他也實在無需偷竊和氏璧，因為他的價值遠超一塊死玉。

　　然而，人們常常對富人心懷敬意，而對窮人報以猜疑，哪怕前者常常是冒充的。

　　可是，如果你因貧窮被疑被辱，申辯和哭泣沒有任何意義。你如果不強大，人家還是踩你如腳底泥。還是默然隱忍，如勾踐包羞忍辱，除了臥薪嘗膽，還天天令武士高呼其名以提醒自己「勾踐，你忘了亡國之恥麼」？而後一舉滅吳。

　　差點忘說了，張儀經此之恥，前去輔佐秦惠王。公元前223 年秦滅楚。

　　孟子的弟子景春稱：「張儀，豈不誠大丈夫哉！一怒而諸侯懼，安居而天下息。」

　　你不強大，你的反擊沒有任何意義！

漢武帝與龐德

　　今天，我在《中國古典小說》課上講漢武帝時，提到李夫人死後，漢武帝思念不已，因賦落葉哀蟬之曲。大意是，悉窣羅袂靜無聲，空空玉墀滿塵生。梨花宮院何寂寞，門前落葉一重重。佳人渺渺不再見，惆悵心緒意難平。

　　美國意象派詩人龐德看到之後，對其中的落葉句極為讚賞，覺得這落葉既是代指李夫人，又是漢武帝的落寞心境。於是龐德把它改譯成一首英文詩〈劉徹〉：「絲綢悉窣的響聲停了／塵埃落滿宮院／這兒不再有足音，落葉／匆匆堆積、靜止／那令人歡心的她躺在底下：一片粘在門檻上的濕葉。」改作與原詩的區別一是捨棄了原詩抒情性的結尾，單純以意象呈現為主，使詩境更為含蓄；二是憑空添加了一句「一片濕葉子」，突出體現了意象派詩歌的特點，被稱為美國詩史上的傑作。落葉一句被譽為意象疊加法的典範，成了美國詩史上一個很有名的典故。

　　突然講臺下傳來一句疑問：「老師，你說的都是真

的嗎？」

我很驚訝地看了她一眼，說：「當然是真的呀。」

恰逢課間休息，我就趁這個時間把漢武帝的原詩和龐德的英文詩都貼到了我的網上教學系統裏面。

上課時，學生笑着對我說：「謝謝老師。」

但是，我卻頗有點感慨，第一，難道老師會在講臺上胡說騙他們嗎？第二，現代的學生已經對中國傳統文化如此失去民族自信心，以至於都不敢相信我們不僅典章制度曾經影響日本韓國，詩詞歌賦甚至也曾經輻射波及美國麼？

希望經過一代代的學習和陶冶，我們的課堂上再也不會出現這樣的疑問。

附貼漢武帝〈落葉哀蟬曲〉與龐德的〈劉徹〉英文詩如下：

漢武帝劉徹〈落葉哀蟬曲〉

> 羅袂兮無聲，玉墀兮塵生。
> 虛房冷而寂寞，落葉依於重扃。
> 望彼美之女兮安得，感余心之未寧。

英文詩

Liu Ch'e

Ezra Pound

The rustling of the silk is discontinued,

Dust drifts over the court-yard,

There is no sound of foot-fall, and the leaves

Scurry into heaps and lie still,

And she the rejoicer of the heart is beneath them:

A wet leaf that clings to the threshold.

美國意象派詩人龐德

你覺得劉備在時，諸葛亮要北伐的話會寫〈出師表〉嗎？

　　你覺得劉備在時，諸葛亮要北伐的話會寫〈出師表〉嗎？

　　答案顯然是不會。

　　因為劉備自己有識人之明，又對諸葛亮百分之百信任。不要說小人了，你看當初劉備的結義兄弟關羽、張飛一開始都不信任諸葛亮的時候，劉備怎麼說？我得孔明，如魚得水。可是到了後主時期呢？後主不但自己缺乏才幹，又輕信奸佞，所以我會忽然頓悟了為甚麼岳飛於紹興八年中秋前夕，過南陽，拜謁武侯祠，看到前後〈出師表〉，淚如雨下，一夜無眠，原來忠臣挺身從事着孤絕的事業，卻並不是收穫着掌聲和歡呼，而是背負着讒言和疑忌。古往今來那麼多讀〈出師表〉落淚的人，不知是不是也從中照見了自己？

　　所以，我不想把〈出師表〉翻譯一遍，那譯文小朋友們

隨便上網一搜就能找到。我想把〈出師表〉中含而未盡之意表白一二，或許可以幫助小朋友們深層次理解：

我突然發現，這是一個很悲傷的故事。假如說，你有一個像諸葛亮一樣的手下，鞠躬盡瘁，死而後已，你肯定說你會特別信任他。但是如果你真的穿越回去，變成了後主劉禪，你可能是不信任他了。諸葛亮才幹高絕，又手握重兵，現在又領軍在外。而你樣樣不如他，你身邊還有一群人天天說他，甚至都用不着說特別的壞話，只要常常敲一敲「功高蓋主」、「恐有異心」的邊鼓，都足夠讓你即使是對諸葛亮這樣的賢臣，都起了疑忌殺心了。

一般的人，肯定會選擇全身遠禍。我本來就沒有要取而代之的心思，我交出兵權，啥事兒不幹，不做不錯，不是更好嗎？

但是這不是諸葛亮呀。他幾次北伐遠征，都是為了報答先主劉備的知遇之恩，也為後主劉禪擴大基業。所以諸葛亮這樣高傲的人，居然也在〈出師表〉中謙卑地，陳情自剖，只為消除後主的疑心。

人各有志，我本是臥龍崗上散淡的人，本想自由淡泊地過完這一生。只是你的父親一而再再而三地三顧茅廬，我被他的知遇之恩打動，這才不辭辛苦出山林。

後來，我們遭遇了風雨飄搖的傾覆。我奉命於敗軍之際，危難之間，到現在已經二十一年了。你的父親白帝城托孤，並且說了「能輔則輔之，不能輔則取而代之」的遺言，我若有二心，這麼多年足夠取代幾百次了，何必等到現在？

後主，你不奇怪嗎？人家都說我是「運籌帷幄之中，決勝千里之外」，那我為甚麼要親自領兵遠征？這是用我的生

命來冒險，也是用我的人品來冒險。可是我願意啊！士為知己者死，我願意用生命來報答你父親對我的信任，也願意用生命來為你開疆拓土。你的父親信任我，我相信，你也會信任我。世間最大的名利無過乎君王，但世間最寶貴的是生命，我連生命都不要了，還會覬覦君王之位嗎？

　　後主你看。我說了你好多條不是：「賞罰不公」、「公私不分」、「親近奸佞」。這些，拿出來任何一條，漢代的那些顧命大臣都足以廢了那些輔佐的兒皇帝了，因為他們覺得這個不好，他們換一個就是了。但是我跟他們不同，我指出你的不是，也講給你聽改正的方法。我知道你遠遠不是一個完美的君主，甚至還有一大堆缺點，但是我從沒想過放棄你。

　　今天，老臣我為您領兵打仗去了。我知道我走了，您身邊說我壞話的人更多了，我也沒有機會去辯白。但是我不介意，一個把生死都置之度外的人，還擔心甚麼誹謗呢？我放心不下的只有你，不管我以後是生是死，希望你諮諏善道，察納雅言，像你爸爸那樣，做一個好君主，成為一個更好的自己。

前出師表

臣亮言先帝創
業未半而中道
崩殂今天下三分
益州疲弊此誠

危急存亡之秋
也然侍衛
之臣
不懈於內忠志
之士忘身於外
者蓋追先帝
之殊遇欲報之

岳飛行草〈出師表〉

少年時想當英雄，中年時活成了林沖！

今天是《水滸傳》的學生報告時間，張老師邁着輕快的步伐高高興興地走進教室，然後措手不及地與學生的題目劈面相逢——

林沖是英雄，還是狗雄？

我相信翁同學是很精心地去做的，這題目肯定也精心斟酌過。比如，「狗雄」絕不是「狗熊」的錯別字，因為「儒」都分「大儒」和「犬儒」，這想必是仿照擬出來的。

「林沖是英雄，還是狗雄？」——這真是個好問題！

我說，林沖是英雄，也是狗雄！但是中間有一個非常關鍵的轉捩點！

林沖是英雄嗎？絕對是！八十萬禁軍總教頭，要多努力才能脫穎而出榮膺此位。林沖的武功，不言而喻，所以他無疑算是英雄。但是當發現人家調戲他的娘子，他待下拳打

時，卻認得是高太尉的乾兒子高衙內，先自手軟了。哪怕是魯智深趕來幫手，卻是他自己勸住：「林沖本待要痛打那廝一頓，太尉面上須不好看。自古道：不怕官，只怕管。林沖不合吃着他的請受，權且讓他這一次。」

他為甚麼像狗一樣地低了頭？為甚麼不能像魯智深拳打鎮關西那樣快意恩仇痛快淋漓？好，請問林沖的父母是誰？你發現你不知道。林沖的領導是誰？你發現你也不知道。他誤入白虎節堂的時候沒甚麼領導來幫他說話，他刺配滄州的時候只有「眾鄰舍並林沖的丈人張教頭」來送別他。所以你明白了，林沖是一個「寒門貴子」，他沒有父蔭，沒有關係，全憑自己努力，一步一步爬到了這個高位。而這個時候，他已經「三十四五」，有了如花似玉的妻子，剛過上了安穩體面的日子。只要稍有閃失，所有的一切都會打回原形付之流水，所以只能這麼謹小慎微忍辱負重窩囊憋屈地活着。

還記得 2017 年中興通訊的高級程式師歐建新嗎？12 月 10 日上午，歐建新接到公司領導的電話，自己被列入了裁員名單，手中的股份將被低價轉讓。10 點 30 分，這名中年男子乘電梯上到中興總部 26 樓，推開了走廊上的窗戶，縱身一躍，離開了這個世界。這名北京航空大學畢業的碩士研究生，對工作一直兢兢業業。據他妻子說，歐建新經常加班。有時工作做不完還會帶回家做，整夜整夜的失眠。他在中興工作了六年，這六年他過得是如履薄冰，不敢出錯，因為害怕丟掉工作。

—— 唉，誰不是少年時想當英雄，沒想到中年時活成了林沖！

但林沖會永遠這麼狗雄下去嗎？也不是！

雖然說林沖生得豹頭環眼，燕頷虎鬚，人送外號「小張飛」。但其實在某些地方，他更像《西遊記》中的八戒。

　　八戒？？？同學們有點懵。

　　請注意，他們都要展開一次長途離別：八戒是西天取經，林沖是刺配滄州。

　　他們都有一個妻子留在家中：八戒的妻子留在高老莊，林沖的妻子留在汴京，他的丈人發話：「今日權且去滄州躲災避難，早晚天可憐見，放你回來時，依舊夫妻完聚。老漢家中也頗有些過活，明日便取了我女家去，並錦兒，不揀怎的，三年五載，養贍得他。又不叫他出入，高衙內便要見也不能勾。休要憂心，都在老漢身上。你在滄州牢城，我自頻頻寄書並衣服於你。休得要胡思亂想，只顧放心去。」

　　他們都很想回去：八戒動不動就說分行李他要回高老莊去。林沖路上被差人用滾水燙傷腳又逼他穿着新草鞋趕路，假意怕他逃走把他捆起來要用水火棍結果他的性命，幸虧被魯智深救下，在此情況下，林沖依然不怨恨差人也不逃走，堅持要去滄州服刑，就是巴望着服刑期滿還能回汴京繼續過他溫暖幸福的小日子。

　　但是終於，他們發現他們回不去了！八戒的重要轉捩點在「四聖試禪心」，黎山老母觀音菩薩化成母女來試探他們，最後把八戒吊了一整夜。八戒終於明白，他被神佛挑中，不管他自己願不願意，他是逃脫不了的。所以到了後來，甚至是他跑去再找回被師父趕走的悟空，一起再啟程到西天去。他終於認了命！

　　而林沖呢？那個重要轉捩點是「火燒草料場」！天見可憐，他借宿在一個古廟，看到草料場火光燒紅了天，聽到三

個仇人的妙計 —— 林沖要麼被這場大火燒死，就是逃得性命，他看管的大軍草料場被燒光，也是個死罪！林沖終於明白，甚麼委曲求全百忍成鋼，他就是低到塵埃裏，他也再也回不去了！

所以那漫天的風雪之中，他終於投奔梁山而去。

先是一千貫假意賣給你一把寶刀，差不多掏乾了你這些年所有的積蓄；再假説高太尉要看這把寶刀，騙你到軍機要地白虎節堂以帶刀行刺問你個死罪；發配路上十兩金子買通差人要暗中結果你的性命，最後到了滄州再一把火燒死你和你的前程。娘子張氏在他走後被高太尉威逼親事，自縊身死。

家財蕩盡，家破人亡，還被人一路追殺，所以那些被生活逼到牆角的，還會比林沖更慘？林沖想過自殺嗎？自殺了還有後面的梁山第六號人物「天雄星」嗎？前路還長，誰知道後面還會發生甚麼？生命寶貴，怎麼能為一些爛事交代了？命運要扼住我的喉嚨，我為啥不把它摁到地下摩擦？

人生欻翕雲亡，好烈烈轟轟做一場！

歲月不饒人，我亦未曾饒過歲月！

豹子頭林沖

金牛座武松、天蠍座林沖和讀書無用論

　　有朋友非常想不通，張老師你不是研究《紅樓夢》的嗎？怎麼現在老寫《水滸傳》，這不是不務正業嘛？

　　哼，俞文豹在《歷代詩餘引吹劍錄》談到一個故事，提到蘇東坡有一次在玉堂日，有一幕士善歌，蘇東坡就問他：「我的詞和柳永相比怎麼樣？」幕士對曰：「柳郎中詞，只合十七八女郎，執紅牙板，唱『楊柳岸，曉風殘月』。學士您的詞，須關西大漢、鐵板銅琶，唱『大江東去』。」張老師寫慣了婉約，寫幾句豪放的不行啊？

　　不過實話告訴你吧，這是因為上學期張老師教的是《紅樓夢研究》，這學期教的是《明清小說》啊。看張老師多麼敬業，天天寫新教案。而且也很有趣，不過學生的報告，就是朋友的留言都很有啟發性。比如說 Lewis 看了林沖那篇文章悄咪咪地留言說：

是的，真是可以好好對比分析一下武松和林沖。小時候看水滸，按武藝高強論英雄，林沖無疑是標準的偶像，但後來經的事多了，覺得他為甚麼那麼窩囊，沿路被解差欺負，就算有魯智深保護也差點丟了性命，還免不了要花銀子打點。而武松則不同，沿途就被解差崇拜尊敬，到了孟州還要享受特殊待遇，這一冷一暖讓人心觸，施老爺子肯定想告訴人點甚麼。該不是讀書無用論吧？！

讀書無用論？悟空你又調皮了，一聽你就在張老師的小說課上沒有好好讀歷史，因為文史哲不分家啊。武松認字啊，你看景陽岡前他認識官府告誡有虎的榜文啊。再者，能把梁山玩得團團轉的，不是林沖武松晁蓋這些英雄，而是一個沒啥武功的矮黑胖子刀筆小吏宋江啊！而且作者何以點出他是一個「刀筆」？你以為跟你一樣上學拎個鉛筆刀？能殺人不見血不戰屈人兵筆尖逼死人的才能叫「刀筆」啊。當年西漢的開國將領周勃從監獄放出來的時候，他心有餘悸地說：「我領兵百萬，位極人臣，今日才知道獄吏的威風！」漢文帝時期，雲中太守魏尚出生入死，戰功無數，卻只因上報的殺敵數量和上交的敵人首級差了六個，便被抓進監獄做苦力。漢武帝時期，飛將軍李廣因為迷失道路延誤了大軍會合日期，按例要對簿公堂接受審訊，李廣長嘆道：「廣年六十餘矣，終不能復對刀筆之吏。」於是拔刀自盡！所以再說讀書無用論，小心今天晚上宋江從棺材蓋裏爬出來找你去。

但是解差對林沖和武松的態度為何如此截然不同？這真是一個極好的問題！

那你知不知道林沖和武松的星座是甚麼？林沖是天蠍

座，必須的！你欺負我我忍，你再欺負我我還忍，人人都覺得我是個軟柿子，然後拉開廟門砍瓜切菜般手刃了三個仇人，估計這仨仇人臨死前都很悲憤「蒼天啊大地啊以為他是個 Hello Kitty 咋是個老虎啊！」像這般隱忍腹黑高冷決絕一擊斃命，除了大天蠍絕不做第二人想！

武松，金牛座的！首先是從來不缺錢，一路上解差好吃好喝伺候，到了發配地施恩還主動重禮相待。其次，打虎英雄嘛，只有初生牛犢才不怕虎嘛！所以一結合，武松是金牛座，妥妥的！

那麼普通人為啥對武松敬重對林沖輕慢？一打聽他們刺配的原因，啊，武都頭是因為他嫂子毒死了他哥，他去官府告狀，官府因為和西門慶勾結不予受理，武都頭一怒之下動了私刑，殺了奸夫淫婦，還挖了他們的心割了他們的頭，主動去投案自首殺人抵命。哇，社會我武哥，不敢惹不敢惹。

但是同時，請注意，武松在當時的社會價值評價體系裏，是一個英雄，有義的烈漢！雖然夏志清先生在《中國古典小說》裏很看不慣這些英雄們對女性的態度，尤其是還要挖心割頭甚麼的，現代也有人為潘金蓮翻案，認為她身世悲慘又嫁得太不般配，說來說去好像最後她做甚麼都值得原諒。

但是一碼歸一碼，潘金蓮是不幸，但是她畢竟殺了人，況且不僅是餵了武大郎砒霜，而且唯恐他不死，又扯了兩牀被子蓋在他頭上死死壓住活活悶死了他。出差歸來的武松，不僅有何九叔、鄆哥這樣的人證，也有武大郎服毒發黑的骨骸這樣的物證，他也想走法制的道路，但是想不到官府竟然因為賄賂偏袒西門慶拒絕受理他的案子。所以他動用的酷

刑，毋寧說是一種慘烈的復仇。那些百姓覺得他是英雄，義士，並不是他殺了姦夫淫婦，因為通姦還罪不至死，主要是他們合謀害死了他的兄長，預謀殺人並且已遂，這在現代社會也是死罪。而武松要為了替兄長復仇，付出前程甚至生命的代價。所以一路得人敬重。

而林沖呢？老百姓很難看得懂。人家調戲你的妻子，殺父之仇奪妻之恨不共戴天，普通人都咽不下的，你這八十萬禁軍總教頭竟然也都認了，調戲了也就調戲了。被人誣陷刺配滄州，第一件事是當着四鄰八舍寫了休書，哪怕娘子質疑「我不曾有半些兒點污，如何把我休了？」哪怕丈人保證讓女兒守節而且也不讓她出門高衙內想見也見不到，林沖依然寫下休書，實在讓人很難不懷疑他是不是休妻自保。差人押解路上用滾水給他洗腳，也不敢有一句發作。甚至人家把他綁在樹上要劈死他了，林沖竟然淚如雨下向兩個小人搖尾乞憐：「我與你二位，往日無仇，近日無冤。你二位如何救得小人，生死不忘。」

所以你明白了嗎？不是人家騎在脖子上欺凌你，是你自己先跪下了。

他們習慣了欺軟怕硬得寸進尺，才不會管你是不是委曲求全唾面自乾。所以金牛座武松這種「以牙還牙以血還血」的硬漢，人家敬他，也怕他，所以不敢惹他。其實也很符合儒家道德和基督教教義。因為孔夫子都說了嘛，你們別謠傳我說過甚麼「以德報怨」，人家要是「以怨報我」，我報之以德，那麼人家「以德報我」，我怎麼還報啊？所以我說的是「以直報怨」，人家怎麼對我我怎麼對他！基督教教義更不用說了，老上帝看哪些惡人不順眼了，不老是就降洪水、瘟疫

和蝗災嗎？

　　但是惡人們畢竟看走眼了，想不到天蠍座林沖，「我不惹事，但也不怕事！」不惹事是自知戰鬥力太強唯恐三拳打死了你，但是真要太歲頭上動土麼，那只能再回你歷史一句名言了──「犯我大漢天威者，雖遠必誅」！

　　得罪了金牛座，你好歹還能死個明白。得罪了天蠍座，你死都不知道怎麼死的。信我者得永生，阿們！

[聯合文學]

中國古典小說

The Classic
Chinese Novel

夏志清

何欣．莊信正．林耀福｜譯　劉紹銘｜校訂

將中國古典小說推向世界文學之巔的經典評論，中西方漢學研究的扛鼎之作

夏志清《中國古典小說》繁體版

夏志清 著

A History of Modern Chinese Fiction

中国现代小说史

中国现代文学研究扛鼎之作
唯一正式授权大陆简体版本

浙江人民出版社

夏志清《中國古典小說》簡體版

我卻不要你言必信、行必果

　　言必信，行必果，在當今已經演變成為一種難得的美德。那麼我何以，不要你「言必信，行必果」？

　　讓我們回溯，在孔子的時代，以及他的理念中，「言必信，行必果」不是最高程度的士，而是次一等的。子貢問孔子：「如何才可以稱得上是士呢？」孔子答道：「自己行事知恥而有所為、有所不為；出使四方，均能不屈辱、不辜負國君所交付的使命，這可以稱做士。」子貢追問說：「敢問次一等的如何？」孔子答說：「宗族中的人稱讚他孝順父母，同鄉黨的人稱讚他敬順兄長、友愛兄弟。」子貢又問：「敢問再次一等的如何？」孔子說：「說出口的一定守信用，要做的一定做到，這只是如小石頭般固執己見又識量狹小的人呀！但也可以算是再次一等的士了。」子貢又問：「當今那些從政的人如何呢？」孔子歎道：「唉！盡是些只能裝五升米的竹器那般器量淺小、僅知聚斂的人，哪裏能數得上呢！」

　　聯繫上下文看，孔子提倡的是「言而有信、行而有果」，

不提倡「必信，必果」的極端情況，孔子說這樣的人是固執的小人，是相對低一級的「士」。當然，此處的「小人」是一種較低境界的人，絕不可視為是一個沒有道德的小人。孔子之所以認為這樣的「小人」硜硜然，是因為孔子的思想提倡中庸之道，過和不及都是不好的，孔子認為「言必信，行必果」有點過頭了，所以不太贊同。

孔子的言論突然使我想通了教學中的一個問題。

我教明清小說時，曾教到一篇〈范巨卿雞黍生死交〉。范式（字巨卿）和張劭（字元伯）曾約定某重陽見面，從清早到深夜，范式都未曾赴約，眾人都覺得他不會來了，只有張劭仍堅信並等待，三更時分，范式果然如期而至。張劭「再拜踴躍大喜」、「笑容滿面」地讓座，再拜，捧酒，取雞黍列於堂前，見范式神色不同以前，誤以為禮數不周，便欲急請老母出堂相見以示歡迎。范式才實言相告，忘記約定，傍晚才想起，大悔不及，忽然想到，人不能縮地而行，鬼卻能一日千里，因此自刎，魂魄前來赴約！

學生和我都覺得范式有點太過了。而且我查過這個故事的流變，它來源於《後漢書‧獨行列傳》：范式在太學學習期間，與汝南張莊人張劭交情甚篤。後二人同時回歸鄉里，分手時范式說：「兩年後，我將去府上拜望尊親。」張劭回答：「到時，我一定殺雞煮黍，等待兄長。」於是，兩人共同約定了日子。兩年後，范式果然依約來到，二人盡歡而別。幾年後，張劭患重病，臥牀不起，臨終前以不得見范式為憾，出殯時，棺重移不動。已做功曹的范式得夢：「巨卿，我在某天死了，將在某時安葬，永遠命歸地府。您要是沒忘掉我，還能趕來嗎？」而范式為了這個夢果然趕去為張劭送

葬。也就是说，在《後漢書》裏，根本沒有自刎以求不負約期之事，而到了明代馮夢龍的〈范巨卿雞黍生死交〉，卻變成如此慘烈。

我當時一直不解，今天突然明白了。《後漢書》更近孔子的「言而有信，行而有果」的中庸之道，而明代馮夢龍的〈范巨卿雞黍生死交〉則是「言必信，行必果」的直觀顯現。這就是或許孔子為甚麼不太贊成「言必信，行必果」，覺得可能太固執，不是最高境界的士。

但是明代又似乎是一個特別容易「極端」的時代，在官場，大臣以脫褲廷杖而得「忠臣」美譽為榮，又有海瑞，要抬着棺材進諫。在思想界，像李贄，不是僧人卻剃光頭，住在僧院又收女弟子，而且宣稱滿街都是假道學，而人人都有資格為聖人，被當成「異端」下獄，自己也在獄中自刎。在婦女界，有乳房生了疾病因自覺不可讓男醫生看諱疾忌醫而死；又有女子未嫁夫死、父兄建高台擇時命該女當眾自殺殉夫以得官府表彰。所以這也可能是明代的馮夢龍何以把漢代一個平和的守信故事一舉改寫得這麼慘烈，這和明代的時代風氣是吻合的。

而當今為甚麼我們這麼喜歡孔子不以為然的「言必信，行必果」？可能是因為我們現代太缺這個了。沒有多少人給承諾，更沒有多少人會真正履行承諾，所以「言必信，行必果」在今日如此可貴。

但是朋友，我卻不要你「言必信，行必果」—— 如果那是以拼命為代價。「百善孝為先，原心不原跡，原跡貧家無孝子；萬惡淫為首，論跡不論心，論心世上少完人。」人生很難，我知道你很努力了，很盡力了，不要那麼內疚吧，我

知道你在心裏做到了一百次了！不要背負着這麼沉重的負擔
趕路，往前看，走成一段薰風緩轡的人生！

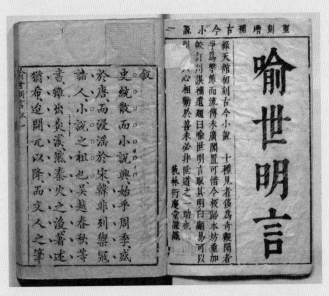

明代馮夢龍的〈范巨卿雞黍生死交〉，見於《喻世明言》

紅樓夢是小乘，金瓶梅是大乘，水滸傳是禪宗

昨天，有幸與徐康老師一起與牟宗三先生的嫡傳弟子吳毗先生素齋，並從游先生與夫人之後觀賞國際古玩。親聆謦咳，獲益良多，摘其一珠，以饗讀者。

「紅樓夢是小乘，金瓶梅是大乘，水滸傳是禪宗」是牟宗三先生在大作〈水滸世界〉中的高論，但是牟先生只是神龍見首不見尾地做了這個定評，卻沒有解釋。我覺得牟先生真是跟釋迦牟尼如來佛似的，拿了個「無字真經」要傳於有緣人：

一天，在靈山會上，大梵天王以金色婆羅花獻佛，並請佛說法。可是，釋迦牟尼如來佛祖一言不發，只是拈婆羅花遍示大眾，從容不迫，意態安詳。當時，會中所有人、神都不能領會佛祖之意，唯有佛的大弟子 —— 摩訶迦葉尊者妙悟其意，破顏為笑。於是，釋迦牟尼將花交給迦葉，囑告他

説：吾有正法眼藏，涅槃妙心，實相無相，微妙法門，不立文字，教外別傳之旨，以心印心之法傳給你。

所以，聽了吳宓先生的注解之後，我們將嘆服為何吳先生是摩訶迦葉尊者，而我等不過是芸芸佛弟子。比如，牟先生的這個定評我雖然覺得極是精警，有的地方卻不能開悟。《紅樓夢》是小乘，我能頓悟。《紅樓夢》的結局是「食盡鳥投林，落了個白茫茫大地真乾淨」，而寶玉把一落胎就含在口裏的通靈寶玉還給和尚，還「玉」出家，意味着他放下了與生俱來的「欲望」，得到了解脫。然而他的這種解脫只是求得了自己的清淨，卻沒有度化其他人的煩惱，甚至讓他的父母傷心不已，所以只是自度，故而只是小乘。

《水滸傳》是禪宗，我雖不能頓悟，倒也可以漸悟。禪家有一名言，「出家人須是硬漢子方得」。要成為硬漢子，就必須心中有義，頂天立地。禪宗還有另一中心思想，就是「當下即是」。牟宗三先生認為「當下即是」的意思是無曲，率直，一遇上委屈的事，就會用最直接的方法解決和表達自己的情緒、想法，並不會顧及到過去和後果。那《水滸傳》正是路見不平，拔刀相助，放下屠刀，立地成佛。

但《金瓶梅》是大乘，我簡直是不悟了。你看那裏面囉嗦瑣碎無聊市井味重，淫濫刻薄勾心鬥角致人死地，就它還大乘？！吳先生舉《華嚴經》言，世界有野狐禪，殊不知更有文士禪，「出淤泥而不染」即為文士禪，嫌惡不淨，區別淤泥而求清淨。但《金瓶梅》是「我就是淤泥」。《心經》說「不垢不淨」，一切事物皆由因緣和合而成，沒有絕對的清淨或污垢。垢淨是世間人對事物的性質所起的相對觀念，這是由情執產生的，無論說垢說淨，都非事物的真相。

龍猛菩薩云:「邪見深厚者,耽執有如來,如來寂滅相,分別有亦非。」譬如,當木柴用盡而火滅盡之時,世間人會認為火已趨入滅盡地了,但它並沒有一個真實的去處。同樣的道理,作為修行人,甚麼時候滅盡迷亂的分別念,那時就獲得了真正的涅槃。

《大般若經》卷四百四十七言:「如來真如即一切法真如,一切法真如即如來真如,如是真如,無真如性,亦無不真如性。」《大般若經》所談的「真如」,着重於其共通性,如來在一切法中。一切法與如來,平等無二。證得一切法者,即證得如來。所以,悟得《金瓶梅》是大乘,即見如來。

善哉!

但是最後吳鈀先生俏皮地補了一句:「可是我還是看不下去《金瓶梅》」。哈哈!

《紅樓夢》的經濟中，還隱藏着這樣的悲痛

　　《紅樓夢》第八十三回，根據王濟仁診病診斷的症狀來看，「六脉弦遲，素由積鬱。左寸無力，心氣已衰。關脉獨洪，肝邪偏旺。」林黛玉已經病情嚴重，病症已經影響到性格言行，夜晚也不能安穩睡眠，一副油盡燈枯的脉象。

　　王濟仁給黛玉看完病後，心焦的紫鵑托周瑞家的向王熙鳳支用一兩個月的月錢。「如今吃藥雖是公中的，零用也得幾個錢。」饒是林姑娘的身份以及與王熙鳳的交情，王熙鳳也是躊躇不已，最後，鳳姐低了半日頭，説道：「竟這麼着罷：我送他幾両銀子使罷。」開頭秦可卿生病時，王熙鳳説「就是一天二斤人參也吃得起」；劉姥姥一個偶然連了宗的假親戚進賈府打秋風，王熙鳳隨便一出手就是二十両銀子；連丫鬟襲人回個娘家，王熙鳳還送了貴重的衣物——一件石青刻絲八團天馬皮褂子、一件玉色綢裹的哆羅呢的包袱、一

件半舊大紅猩猩氈的雪褂子。但是現在一貫和王熙鳳相處不錯的林黛玉油盡燈枯需要銀子使用之時，連幾兩銀子都需要王熙鳳猶豫半天，這形成了何等觸目驚心的對比。

這可是說着「天下竟有這樣標緻的人，我今才算見了」、「可憐我這妹妹這麼命苦，怎麼姑媽偏生沒了」的鳳姐姐，是說着「你既吃了我家茶，如何不與我家做媳婦」的鳳姐姐！否則，對於林黛玉，雖然鳳姐不願開了預支月錢的先例，私下饋贈方面至少要多於劉姥姥和襲人啊！互為表裏的是，周瑞家的同時告訴了鳳姐現在外面傳的歌謠，說是「寧國府，榮國府，金銀財寶如糞土。吃不窮，穿不窮，算來……」說到這裏，猛然咽住。原來那時歌兒說道是「算來總是一場空」。

我始終不敢去想，王熙鳳不願給病重之際的林黛玉預支兩個月的月錢，是因為月錢她放了高利貸，是捨不得那高利貸的利錢。無論如何，鳳姐姐不至於這樣狠心吧！那一定是家裏着實艱難了，一定是的。

少年之時，恐怕我們都有王戎那樣恥言「阿堵物」的清高，都有「天生我材必有用，千金散盡還復來」的豪情。錢算甚麼？經濟多庸俗，可是今日看林黛玉病重之時為了幾兩銀子這樣求告，王熙鳳為了幾兩銀子這樣躊躇，原來經濟之中，還有如此的悲痛。

現在都說「富養女兒」，「富養女兒」的條目中，最好加上一條怎樣培養女兒經濟獨立吧。讀史明智，不要讓女兒落到為難別人，也為難自己的境地。

黛玉的真正良配不是寶玉或北靜王，而是……

《紅樓夢》裏在寶玉和寶釵成婚的當天，黛玉淚盡焚稿，聲聲喚着「寶玉，寶玉……」含恨而死，賺足了讀者的眼淚。

大家紛紛口誅筆伐封建包辦婚姻的罪惡，生生拆散了寶黛這對佳偶。

但是且慢，黛玉的真正良配是寶玉嗎？

大家懵了，這個，咋不是？咋可能不是？你為啥有這種奇怪的想法？

很多學者包括美國學者，都認為黛玉不是寶玉的良配，比如夏志清先生認為黛玉的身體不健康，性格也尖刻，據說她是為還淚而來，但她的眼淚抱怨多於感恩，所以就算寶玉娶了她，也是憐憫多於愛。

但是，反過來，寶玉是黛玉的良配嗎？

首先，寶玉的財務不自由。寶玉曾經說過：雖然家裏有

錢，但又不歸我使。

其次，寶玉的婚姻不自主。當時盛行的是「父母之命，媒妁之言」，他的婚姻他自己說了不算，所以書中是賈母王夫人和王熙鳳共同商議，定下了薛寶釵。

再次，寶玉的妻妾一大堆。僅看和寶釵成婚後，屋裏還有一個沒過了明路的准姨娘襲人，寶玉還曾移情於五兒——五兒見麝月已睡，只得起來重新剪了蠟花，倒了一鐘茶來，一手托着漱盂。卻因趕忙起來的，身上只穿着一件桃紅綾子小襖兒，鬆鬆地挽着一個纂兒。寶玉看時，居然晴雯復生。忽又想起晴雯說的「早知擔個虛名，也就打個正經主意了」，不覺呆呆地呆看，也不接茶。

所以，即使是寶玉和黛玉結婚了，襲人只怕也得是屋裏人。和黛玉結婚了，寶玉不會出家，因此，寶玉給篦過頭的麝月；和寶玉一起洗過澡、屋裏席子上都是水的碧痕；宛如晴雯復生的五兒……那還不漸漸都收做了姨娘？黛玉是個大家小姐，當時若不容這個，還要不要賢良淑德的名聲了？就是自己不樂意，婆婆王夫人還不得拿「七出之一——嫉妒」這頂帽子壓着？王夫人連自己侄女王熙鳳都管，說她若不許丈夫納妾恐外面的名聲不好聽，更何況黛玉？

有人說大家小姐都懂事，所以你看之前，黛玉就曾經趕着襲人叫嫂子，還打趣寶玉和襲人說「想是你們兩口子拌了嘴，告訴妹妹，妹妹給你們和解和解。」認為這是因為襲人最多是妾，不會威脅黛玉的地位，所以黛玉能容。

唷，那不是能容，那是不得已。

如果當時的制度不是一妻多妾而是一夫一妻，你看黛玉能容不能容？別說黛玉了，你看賈母邢夫人王熙鳳，甚至是

被認為最大度的薛寶釵，能容不能容？《甄嬛傳》裏的一句台詞倒是道出了真諦——「凡是深愛丈夫的女子，有誰願意看着深愛的丈夫與別的女人恩愛生子啊！」

上面説的還是沒孩子的情況下。假如妻妾都有了孩子呢？看看雞飛狗跳的王夫人和趙姨娘就知道了。還沒有結婚的時候，襲人都能夠打着「為寶玉好」的旗號向王夫人進讒言讓寶玉搬出園子和黛玉分開；那結了婚襲人有了孩子，假如黛玉也有了孩子，這可關係到人家襲人實實在在的利益了，那局面不敢想像。

寶玉這樣，甄寶玉更不用説，甄寶玉既然更早地順從了「仕途經濟」，那在妻妾子嗣上面，想必更是早早地「廣納妻妾，以備子嗣」，就更不消提了。

那麼，黛玉的良配是北靜王嗎？這是一個呼聲很高的選項。

看北靜王水溶的容貌：

頭上戴着潔白簪纓銀翅王帽，穿着江牙海水五爪坐龍白蟒袍，繫着碧玉紅鞓帶，面如美玉，目似明星，真好秀麗人物。

北靜王會説話。他當着賈政的面誇寶玉：「令郎真乃龍駒鳳雛，非小王在世翁前唐突，將來『雛鳳清於老鳳聲』，未可量也。」對父誇子，沒有比這種誇法更讓人欣慰的了。誇兒子比父親有出息，其實也是在誇父親教子有方。一種誇法誇了兩個人，小小年紀的北靜王，其處世的圓滑並不亞於賈雨村。

北靜王會做人，當賈赦賈政賈珍趕來見禮，北靜王「在轎內欠身含笑答禮，仍以世交稱呼接待，並不妄自尊大」。

與賈赦賈政賈珍見過禮之後，禮數已到，本可打道回府，賈赦賈珍等也請他「回輿」，然而他卻說：「逝者已登仙界，非碌碌你我塵寰中之人也，小王雖上叨天恩，虛邀郡襲，豈可越仙輀而進也？」從世交的輩分上說，秦可卿是北靜王的晚輩；從地位上說，北靜王是郡王，秦可卿只是五品夫人，都沒有北靜王為秦可卿送行的道理。然而，北靜王卻說秦可卿已登仙界，非凡人可比，自然應該凡人為仙者讓路送行。

所以你看，北靜王先祖是開國功臣，享受着「天恩祖德」，過着「錦衣紈綺，飫甘饜肥」的生活。更厲害的是，北靜王早早襲了王位，「年未弱冠」（不到二十歲），當家立事，「探喪上祭」，禮數周全。

這看起來怎麼也是黛玉的良配了吧？

但是你想寶玉說過的一句話——「北靜王的一個愛妾昨日沒了，給他道惱去。他哭的那樣，不好撇下就回來，所以多等了一會子。」

雖然這是寶玉為了在鳳姐生日當天跑出去祭奠金釧兒找的一個藉口，但是大家既然相信，可見北靜王有愛妾（還不止一個）眾所周知。何況，就算寶玉不說，以北靜王的身份地位，那時的社會氛圍也不大可能讓他「一生一世一雙人」的。可是這樣一來，那不正應了紫鵑的話？——「公子王孫雖多，那一個不是三房五妾，今兒朝東，明兒朝西？要一個天仙來，也不過三夜五夕，也丟在脖子後頭了，甚至於為妾為丫頭反目成仇的。若娘家有人有勢的還好些，若是姑娘這樣的人，有老太太一日還好一日，若沒了老太太，也只是憑人去欺負了。」

更何況黛玉和北靜王也不來電啊。寶玉曾經把北靜王所

贈的鶺鴒香串轉送給黛玉，沒想到黛玉很是嫌棄，「甚麼臭男人拿過的！我不要他」，因此「擲而不取」。

那麼，黛玉的良配到底是誰呢？

神瑛侍者啊！

西方靈河岸上三生石畔，有絳珠草一株，時有赤瑕宮神瑛侍者，日以甘露灌溉，這絳珠草始得久延歲月。後來既受天地精華，復得雨露滋養，遂得脫卻草胎木質，得換人形，僅修成個女體。

所以你看，這神瑛侍者，第一，專一。他只給這小草澆水，從不跑去路柳牆花那兒廣施雨露。第二，從不 PUA。他從不說你只是株草有甚麼了不起，你為甚麼不是一朵花 BalaBala。同理，他也不會挑剔黛玉你為甚麼身體也不好性格也不好。身體不好，治唄；性格不好？天天順着你沒人敢在我面前欺負你日子過得順心了性格能不好嗎？第三，謙和。人家自己這麼有能力，自己叫自己甚麼？──「侍者」！

所以現代版的黛玉型女孩子，不要被寶玉和北靜王的好條件迷惑了雙眼，因為那都是外在的，最重要的是找一個神瑛侍者，因為只有神瑛侍者才會給你──

全心全意的愛啊！

甚麼？你怕神瑛侍者沒錢？他是赤瑕宮神瑛侍者，不是赤腳大仙神瑛侍者，他有一座宮殿啊！

哈哈哈！

東陵瓜・阮籍詩：《種芹人曹霑畫冊》作者旁證

《種芹人曹霑畫冊》的真偽問題是爭論的焦點所在。研究主要分為兩個階段，二十世紀七十年代到八十年代為第一個階段，此階段認定為偽，故塵封在博物館。二十世紀七十年代，貴州省博物館研究人員陳恒安、劉錦發現綫索，可能有曹霑真迹畫冊存世。通過這一綫索，貴州省博物館於八十年代從清嘉慶年間曾任陝西巡撫的陶廷杰之後人手中購得該畫冊（也有一説是二十世紀六十年代購得），當時的價格為人民幣 25 元。但後來畫冊被鑒定為「偽本」，被命名為「偽曹霑絹本設色花果人物畫冊」，塵封於館內倉庫，不受關注。1988 年，趙竹先生在《貴州文史叢刊》曾發表〈《種芹人曹霑畫冊》真偽初辨〉[1] 一文，但當時反響不大。

2011 年到現在為第二個階段，關注者包括兩岸三地學者，此階段愈來愈多的學者傾向於判斷其為真作。

內地：2011 年，朱新華先生在《文匯報》上發表〈關於曹芹溪的一則史料〉，從《自怡悅齋書畫錄》中意外見到一則涉及曹芹溪的史料，即陳浩記載「曹君芹溪携來李奉常仿雲林畫六幅質予並索便書」，初步推斷這是有關曹雪芹的新史料[2]。沈治鈞先生核查《生香書屋詩集》後發現，陳浩與敦誠有共同的朋友書法名家周立崖，周氏極有可能與曹雪芹相識。這表明，陳浩已經進入了曹雪芹的交遊範圍，至少是走近了曹雪芹的朋友圈子，可謂時合、地合、人合、事合、理合。由此判斷「陳浩書李白詩後跋語中所提到的『曹君芹溪』，非常有可能就是《紅樓夢》的作者曹雪芹」。[3]之後，崔川榮先生發表〈「曹君芹溪携來李奉常仿雲林畫」的時間問題〉，對新史料做了進一步的解讀。2013 年，顧斌先生發表〈貴州圖書館藏《種芹人曹霑畫冊》考釋〉[4]，通過對兩幅畫冊中陳本敬的考察，對陳本敬書體印章一致性的考索，認為《種芹人曹霑畫冊》中有關陳本敬的信息是確實可靠的，這本畫冊遂引起學界關注和重視。2015 年 1 月，已故書畫鑒賞家楊仁愷先生遺作在遼寧人民出版社出版，其中收錄了楊仁愷先生對該畫冊的鑒定意見：「畫是乾隆時人做，詩與畫同時。」「是否曹氏？待考。」[5]楊仁愷先生筆下的「曹氏」，即曹雪芹。

2016 年 9 月 9 日，北京曹雪芹學會、貴州省博物館聯合主辦「《種芹人曹霑畫冊》品鑒會」。北京大學朱良志教授認為畫冊不太可能作偽，但八幅作品是否均為曹霑所作需進一步研究；從整體來看，畫作反映的內容與《紅樓夢》道禪為主的思想契合。北京師範大學張俊教授在「將信將疑」的基礎上傾向為真，提議請古書畫鑒定專家對畫冊的紙絹、墨

色、顏料、印章、題跋、裝裱等逐一鑒定；以及考查拍賣紀錄。北京曹雪芹學會副秘書長嚴寬先生從書畫、鑒定學等知識角度，表示與楊仁愷先生、勞繼雄先生一樣，都力主畫冊為真。曹雪芹紀念館范志斌研究員主要對第六幅圖是南瓜還是西瓜發表了個人看法。中國紅樓夢學會常務理事兼副秘書長任曉輝先生轉述了 9 月 8 號馮其庸先生受邀目驗了畫冊後的觀點。馮先生認為，楊仁愷先生等人鑒定這一畫冊的時間，正是他們精力、年紀最好的時候，他本人比較認同楊仁愷先生的鑒定意見。首都師範大學段啓明教授認為不應輕易否定涉及曹雪芹的資料和文物，對八幅畫要有一個整體的研究計劃，除了「種芹人」這一幅，其餘七幅畫的相關研究也很重要，可結合《紅樓夢》中的詩歌做進一步的研究。

港臺：2016 年 12 月 13 日，臺灣中央研究院院士黃一農教授、浙江大學文化遺產研究院薛龍春教授及貴州師範大學吳鵬教授在香港城市大學舉辦「曹雪芹唯一詩、書、畫、印俱見的真迹再現」講座。

三位教授經過多角度考證，認為該本《種芹人曹霑畫冊》應為曹雪芹真迹。

一、他們比對了畫冊與《紅樓夢》一書的用字、用典、韻腳、詩風等，認為畫冊與《紅樓夢》作者應為同一人。

二、他們查考了畫冊中題字者如閔大章和陳本敬的生活時空，發現與曹雪芹重迭。

三、他們還發現在畫冊所蓋的印章中，也出現與《紅樓夢》小說關係密切的詞。其中一個方印更揭示出曹雪芹很可能生於 1716 年閏三月。

2019 年，香港珠海學院張惠博士申請到香港研究資助

局項目「《種芹人曹霑畫冊》文化生態學研究」（項目編號：UGC/FDS13/H02/19），這也是兩岸三地第一次以《種芹人曹霑畫冊》申請研究項目並成功立項。該項目認為，判斷畫冊為真或傾向為真的學者大部分是從拍賣紀錄、書畫鑑定、曹雪芹交遊者的角度來考察，從畫作本身來分析者較少，且多是針對某一幅畫或者某一首題詩，尚未對八幅畫作進行一個整體性研究。更沒有將《種芹人曹霑畫冊》和他創作的《紅樓夢》小說聯繫分析的論作。因此，該計劃結合自然環境中的植物學，社會環境的曹家家世和詩文底蘊等文化背景，以及曹雪芹的《紅樓夢》原文，全面研究《種芹人曹霑畫冊》的產生、發展和蘊含的文化生態內涵。2020 至 2021 年在《古代文學前沿與評論》、《河南教育學院學報》、《紅樓夢學刊》、《長江學術》等刊物上發表了一系列相關文章，如〈種芹人曹霑畫冊》八幅圖與《紅樓夢》之關係探微〉探討了《種芹人曹霑畫冊》所隱含的《紅樓夢》情節和人物元素。張惠認為，《種芹人曹霑畫冊》是一本畫冊，畫家不僅親自繪畫，還題詩於上，並邀請不同好友題跋，最後將八幅圖畫結集成冊，是有一個整體構思。八幅畫作中，〈蕪菁〉、〈芋艿〉、〈漁翁〉分別暗含寶釵、黛玉、寶玉的元素；〈殘荷〉隱指林黛玉無望的愛情，並雙關香菱的悲慘命運，是「一擊兩鳴」的體現；〈茄子〉代指《紅樓夢》中「茄鯗」；〈秋海棠〉隱括海棠詩社，又尤其暗寓湘雲的命運；〈東陵瓜〉借指賈府興衰；〈峭石與靈芝〉隱喻木石前盟。綜合來看，《種芹人曹霑畫冊》八幅畫作與《紅樓夢》皆與《紅樓夢》重要的人物、關鍵的情節有聯繫，而尤其以黛玉為主，這和曹雪芹創作《紅樓夢》的「悲金悼玉」、「大廈將傾」的原意也是比較接近的。[6]

〈工筆重彩與黑白水墨：曹雪芹創作與人生的雙重色調〉則提出，曹雪芹不僅在《紅樓夢》中展現了對工筆重彩畫的精深認識，而且在紮糊風箏中同樣體現了對工筆重彩的喜愛。同時曹雪芹也擅長和喜愛寫意黑白水墨，其文學創作《紅樓夢》中金陵十二釵畫冊和繪畫圖冊《種芹人曹霑畫冊》有多重相似點。工筆重彩和黑白水墨，構成了曹雪芹創作和人生的雙重色調。[7]

學者多認為《種芹人曹霑畫冊》第六幅〈東陵瓜〉的繪畫意圖為歸隱或田園之趣，但張惠認為此幅可為作者曹霑為曹雪芹的一個旁證。

《種芹人曹霑畫冊》是一本文人畫，中國書畫自唐宋元明清以來，成三大系統，一曰廟堂，二曰文人，三曰民間，皆因功效內涵、文質傳承諸因素不同分而為之。

> 廟堂之體多為社稷統治所用，「成教化、助人倫」是也。文人之體則寫心傳意，抒發一時之興，往往以逸氣、神韻為宗，實文人之能事也。民間之體，生動活潑，野趣自然，生於民而用於民，民自樂也。[8]

近代陳衡恪則認為「文人畫有四個要素：人品、學問、才情和思想，具此四者，乃能完善。」[9]文人畫具有文學性、哲學性、抒情性。「是性靈者也，思想者也，活動者也，非器械者也，非單純者也」[10]。作為不朽著作《紅樓夢》的作者，熟諳「草蛇灰綫」的筆法，而且是「批閱十載，增刪五次」而完成，是一個相當漫長的過程，在創作「寫心傳意」的畫冊之時，尤其是在其中一幅親自題詩的〈東陵瓜〉畫作上，怎能不有所寄托感慨？

曹雪芹題詩全文為：「冷雨寒烟臥碧塵，秋田蔓底摘來新。披圖空羨東門味，渴死許多煩熱人。」「東陵瓜」為「文人之瓜」，秦朝滅亡後，秦朝的東陵侯召平淪落為平民，隱居青門種出一種色味俱美之瓜，人稱「東陵瓜」，又作「青門瓜」、「召平瓜」、「種瓜五色」等。在曹雪芹之前，阮籍、何遜、庾信、駱賓王、王維、杜甫、白居易、李商隱、溫庭筠、蘇軾、張元幹、張炎、元好問、袁宏道、錢謙益等多位詩人曾經以「東陵瓜」入詩，但最早且最有名的應該是阮籍。一般通行本只會列出阮籍《詠懷詩》第六首「昔聞東陵瓜，近在青門外」，但實際上，阮籍的五言詠懷詩共八十二首，而出現「東陵瓜」典故的有兩處：第六首和第六十六首。如果再把他的兩首歌算上，其中〈采薪者歌〉又提及「邵平封東陵，一旦為布衣。」這說明「邵平」「東陵瓜」這個意象對阮籍有着極其深刻的影響，因此他才會忍不住再三詠嘆。

曹雪芹和阮籍關係密切。首先，曹雪芹傾慕阮籍。曹雪芹字「夢阮」（另說號「夢阮」），「阮」應指阮籍，阮籍的不與世事、酣飲為常；放誕不羈、孤標傲世；醉臥當壚少婦之側、哭弔不識之未嫁而殤少女；好莊老之思、忘形骸之「痴」，都令雪芹心有戚戚，曹雪芹的好友敦誠曾用阮籍青白眼的典故「步兵白眼向人斜」[11] 來稱贊曹雪芹不肯隨波逐流的傲世態度。因此，「『夢阮』之一別號的背後可能暗示着曹雪芹對阮籍的夢想確是並非泛泛的。」[12] 物以類聚、人以群分，友人的贈詩揭示了曹雪芹與阮籍相似的思想和心境。其次，曹氏與阮氏在歷史上有親緣關係，漢魏之際，曹氏與阮氏關係密切，阮籍之父阮瑀是曹氏父子身邊的文官，父死之後，阮籍仍受曹氏的關懷。「曹雪芹因雍正奪取政權後發現

曹家和他的政敵胤祀、胤禟有關係而遭抄家之禍。他的身世自然很容易使他聯想到阮籍在司馬氏奪取曹魏政權後的遭遇」。[13] 敦誠曾在〈寄懷曹雪芹（霑）〉中把曹雪芹比做曹操後裔：「少陵昔贈曹將軍，曾曰『魏武之子孫』。君又無乃將軍後，於今環堵蓬蒿屯。」[14] 當然，曹雪芹「夢阮」不僅因為某種親緣關係，更重要的還在於阮籍是他心靈的知者、行為的楷模。[15] 再次，曹雪芹絕非僅僅和阮籍一樣，都用了「東陵瓜」的典故，其詩的「所指」和「能指」存在複雜的交叉指涉和豐富的邏輯意涵。為甚麼〈東陵瓜〉放在第六幅？而且只有〈東陵瓜〉是作者自題？

曹霑的第六幅是〈東陵瓜〉，而〈東陵瓜〉也恰恰是阮籍《詠懷詩》的第六首，全詩為：

> 昔聞東陵瓜，近在青門外。連畛距阡陌，子母相鈎帶。
> 五色曜朝日，嘉賓四面會。膏火自煎熬，多財為患害。
> 布衣可終身，寵祿豈足賴！[16]

對《紅樓夢》文本和曹家家事略有瞭解的當代讀者，將敏感地反應過來曹雪芹是在「借詩喻世」。阮籍〈采薪者歌〉抒發了富貴貧賤俯仰之間的感慨：「邵平封東陵，一旦為布衣。枝葉托根柢，死生同盛衰。得志從命升，失勢與時隤。寒暑代征邁，變化更相推。」[17] 吳淇《選詩定論》評價道：「東陵之瓜近東門而會賓客，言人不能高蹈遠引而嬰患害也。」[18]《紅樓夢》中的賈家亦如東陵之瓜，其坐落在類似「青門」的帝都，四大家族「皆連絡有親，一損皆損，一榮皆榮，扶持遮飾，俱有照應」，正是「連畛距阡陌，子母相鈎帶」；在「鮮

花著錦，烈火烹油」「冠蓋雲集，輻輳盈門」之時，正是「五色曜朝日，嘉賓四面會」。然而，禍福無門，惟人自召，最終落得個白茫茫大地真乾淨，昔日王侯貴族，忽喇喇似大廈傾，「寵祿豈足賴！」

以曹家家事而論，由包衣奴才入關，到曹寅因母親是康熙的乳母成為康熙的奶兄弟，而被賦予江寧織造的寵銜，曹家並四次接駕，榮寵已極，到虧空無法填補，雍正上臺後慘遭抄家，其人生起伏曲綫亦如之。正如史景遷（Jonathan D. Spence）所指出：

> 曹府在南京的繁華，以及這個家族在雍正朝戲劇性的覆沒，一定深深觸動了曹雪芹，從而構成了《紅樓夢》的關鍵面貌。
>
> the opulence of the Ts'ao mansions in Nanking, and the family's dramatic fall under the Yung-cheng Emperor, must have deeply touched Ts'ao Hsueh-ch'in and thus colored important facets of *The Dream of the Red Chamber*. [19]

從「天恩祖德」、「簪纓世冑」到「風塵碌碌」、「半世潦倒」，對曹雪芹造成的深重心理影響在《紅樓夢》中在在有之，又焉能不在《種芹人曹霑畫冊》中有所投射？

如果再把阮籍《詠懷詩》第六十六首列明而觀：

> 塞門不可出，海水焉可浮。朱明不相見，奄昧獨無侯。
> 持瓜思東陵，黃雀誠獨羞。失勢在須臾，帶劍上吾丘。
> 悼彼桑林子，涕下自交流。假乘汧渭間，鞍馬去行游。[20]

第六十六首不僅和第六首一樣，抒發了人生禍福無常的感慨，而且還出現了另一個典故「黃雀」，黃節先生作注認為其典故出處是《戰國策》，黃雀自以為與人無爭，卻不知公子王孫挾彈攝丸正對它虎視眈眈。「持瓜思東陵，黃雀誠獨羞」，一朝失勢，從王侯貴族淪為布衣平民，而昔日相交親厚者或無力營救或坐視不理，而其本人亦不知當初的烈火烹油之際就是烟消火滅之始。這一點與《紅樓夢》中寶玉對家族未來天真的推斷「憑他怎麼後手不接，也短不了咱們兩個人的」是相似的。複查《紅樓夢》可知，作者用了三十五回篇幅（第十八至五十二回）描寫寶玉十三歲這一年發生的事。如果依照曹雪芹生於 1715 年推算，當災難襲擊他的家庭時他正是十三歲。十三這個年齡的重要性也在第七十八回間接得到強調，賈蘭據說那時十三歲。也正是這一年王夫人派僕人抄檢了大觀園，一個顯然是設計出來預示即將來臨的皇廷搜查和抄沒家產的例子。所以，描寫寶玉十三歲所佔篇幅這麼多，和寶玉在《紅樓夢》中年齡忽大忽小就有了一個合理的解釋：

> 寶玉試圖通過拒絕長大承擔一個成年文人應該為自己和家人承擔的責任來避免改變；小說家曹雪芹似乎不願走出他珍藏的少年記憶，試圖通過寫小說重現過去，盡可能推遲災難的發生。

> Baoyu tries to avoid change by refusing to grow up to assume the responsibilities a adult literatus is supposed to assume for himself as well as for his family; the novelist Cao Xueqin seems reluctant to move beyond his cherished memories of childhood and tries to delay the onset of calamity as long as he can by

reliving his past through writing the novel. [21]

　　字「夢阮」的曹霑把〈東陵瓜〉放在第六幅，而且作為唯一的題畫詩，是對阮籍《詠懷詩》第六首和第六十六首「東陵瓜」的一種遙遠的致意和回應。「東陵瓜」的典故和阮籍的《詠懷詩》對於曹雪芹的交遊圈子來説是一種常識，曹雪芹的題畫詩本身又和阮籍的《詠懷詩》有一種內在的呼應關係，在導向經典回溯的同時，阮籍之詩和曹家之事的重疊會立即激活讀者的記憶，「心有戚戚焉」油然而生。所以，這是一種隱含的「不寫之寫」，借阮籍的原詩曲折隱晦地聊以寄託，從而使詩畫的信息量和含義倍增。

　　本文為香港研究資助局資助項目「《種芹人曹霑畫冊》文化生態學研究」（項目編號：UGC/FDS13/H02/19）的階段性成果。

註解

1　趙竹：〈《種芹人曹霑畫冊》真偽初辨〉，《貴州文史叢刊》，1988 年第 4 期。

2　朱新華：〈關于曹芹溪的一則史料〉，《文匯報》，2011 年 3 月 30 日。

3　沈治鈞：〈讀陳浩《生香書屋詩集》書後〉，《紅樓夢學刊》，2011 年第 5 輯。

4　顧斌：〈貴州圖書館藏《種芹人曹霑畫冊》考釋〉，《紅樓夢研究輯刊》，2013 年第 2 輯。

5　楊仁愷著：《中國古代書畫鑒定筆記》，瀋陽：遼寧人民出版社，2015

年版，第 3386 頁。

6　張惠：〈《種芹人曹霑畫冊》八幅圖與《紅樓夢》之關係探微〉，《河南教育學院學報》，2021 年第 1 期。

7　張惠：〈工筆重彩與黑白水墨：曹雪芹創作與人生的雙重色調〉，《長江學術》，2021 年第 2 期。

8　徐建明：《畫冊後記》，見徐建明官方網站：http://xujianming.artron.net/news_detail_438588

9　陳師曾：《中國繪畫史》，北京：中國和平出版社，2014 年版，第 119 頁。

10　陳師曾：《中國繪畫史》，北京：中國和平出版社，2014 年版，第 113 頁。

11　朱一玄編：《紅樓夢資料彙編》，天津：南開大學出版社 2001 年版，第 24 頁。

12　周汝昌：《曹雪芹小傳》，天津：百花文藝出版社 1980 年版，第 11 頁。

13　周汝昌：《曹雪芹小傳》，天津：百花文藝出版社 1980 年版，第 8 頁。

14　朱一玄編：《紅樓夢資料彙編》，天津：南開大學出版社 2001 年版，第 23 頁。

15　曹立波：〈阮籍對《紅樓夢》的影響舉隅〉，《紅樓夢學刊》，1998 年第 3 期。

16　黃節：《曹子建詩注 阮步兵咏懷詩注》，北京：中華書局 2008 年版，第 323 頁。

17　（三國魏）阮籍著、陳伯軍校注：《阮籍集》，北京：中華書局 2012 年版，第 406 頁。

18　（三國魏）阮籍著、陳伯軍校注：《阮籍集》，北京：中華書局 2012 年版，第 324 頁。

19　"Preface to the Second Printing", See, Jonathan D. Spence: *Ts'ao Yin and the K'ang-hsi Emperor, Bondservant and Master*, New Haven and London: Yale University Press, 1988, p.8.

20　黃節：《曹子建詩注 阮步兵咏懷詩注》，北京：中華書局 2008 年版，第 414 頁。

21　Martin W Huang: *Literati and Self-Representation*, California: Stanford University Press, 1995, pp.103-104.

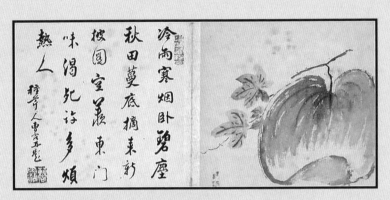

畫作〈東陵瓜〉

文化不是灰姑娘的水晶鞋

作為一個養生和美食愛好者，一般情況下我絕對不會去吃速食麵。

但是實在迫不得已的情況下，一萬天總有嘗試一次的時候。

今天下午躊躇了半天，選了一碗「滿漢大餐紅燒牛肉麵」，其實我需要的只是碳水化合物來保持頭腦的運轉，它是否「滿漢大餐」不過是個噱頭，而且十一塊港幣太貴了，國內的方便碗面應該比這便宜多了，當時我這樣想。

漫不經心地撕開包裝打開盒蓋，除了調和油和香辛料，還有這麼一大包是甚麼？好奇地撕開 —— 居然是真正的大塊牛肉？真的是帶有湯汁的大塊牛肉，和包裝上畫的是一樣的。

牛肉不是稀罕的東西，我驚訝的是，它居然表裏如一！因為我分明地記得，國內的所謂速食麵中的「牛肉」只是乾巴巴的不到指甲蓋大小的小粒，有的乾脆就是牛肉粉。

不禁饒有趣味地搜索了一下，原來國內的紅燒牛肉麵，五包的牛肉總重量是 1.887 克，平均每包只有 0.377 克。

　　國內的這樣一碗速食麵大約是五塊人民幣；香港的這碗麵折成人民幣是 8.8 元。但是它的牛肉的總量國內的速食麵遠遠難以望及項背！

　　再回過頭看一下這個香港買的「紅燒牛肉麵」，上面還印着「本品採用澳洲及紐西蘭牛肉」的字樣。

　　我想未來的商戰，不止是速食麵領域，也許贏家會贏在「物超所值」上。

　　我覺得，現在不少商家都犯了急功近利的毛病，很多產品的內在與外包裝相差甚遠；再者就是妄求附加值，以為披上了文化的外衣，就可以成幾倍幾十倍地希求利潤，並美其名曰外國的 LV，香奈兒等等本身的成本也不過爾爾。

　　他們常常忘了，文化不是灰姑娘的水晶鞋，穿了就會變成公主。他們怎不想想 LV，香奈兒用了多少年來經營自己的品牌經受歲月的披沙揀金薰染成一種文化。而且，在中國而言，文化的真正內涵是甚麼？

　　以字而論，「羊大」為「美」；以戰而論，「天時不如地利，地利不如人和」。中國文化的內涵追求的是「美」，是「心」，而「美」與「心」必須是「正心誠意，格物致知」，必須是「推己及人，推心置腹」，如同我把家裏的大的羊獻給你，才是「美」。

　　西方現代工業文明推崇「head」，中國傳統農業文明推崇「heart」，現代西方的技術自然是最先進的，但是「head」幾百年，而「heart」卻幾千年了，「heart」更是中國人的潛意識和集體無意識。而自然我們知道，看起來我們都是理智和

意識的主宰，但理智和意識只是冰山之一角，而潛意識和集體無意識恐怕才是冰山之下那個巨大的黑洞，才是那個真正的主宰。

王陽明說：「你未看此花時，此花與汝同歸於寂；你既來看此花，則此花顏色一時明白起來，便知此花不在你心外。」曾幾何時，我們笑話他愚癡。時至今日，大眾怎麼又推崇：「你心裏想甚麼，你就會看到甚麼」？

商家應該想想，你賣的不是產品，更不該是文化的外衣，而是格調、氛圍、意境。今日中國人忍得一時粗、俗、濫，但是這個時間很快就會過去，恐怕比以前睡獅很快就會醒來的預言來得更快，所以商家出發點大概要快點從「我怎樣要到你的錢」改成「我怎樣要到你的心」。

曹操說「周公吐哺，天下歸心」，天下都可歸心，而何物不可歸心？

你可知道這對基因編輯嬰兒為甚麼叫露露、娜娜？

深圳的研究者賀建奎博士宣稱對兩個健康的胚胎進行了基因編輯，並於本月孕育出了兩個女嬰 —— 露露和娜娜。

他編輯了一個基因，使嬰兒對愛滋病（HIV）病毒具有抵抗力。其中一位女嬰的兩個等位基因都被修改，而另一位女嬰只有一個被修改（這使她仍然可能感染愛滋病 HIV）。

但是你知不知道這對基因編輯嬰兒為甚麼叫露露、娜娜？顯然邪惡科學家不是為了賣萌！

露露和娜娜合起來，是 Luna（月亮女神）！多有意思，英文和中文的拼音竟然是一模一樣的，就像她們倆是雙胞胎一樣！

Luna 是月亮女神，那麼誰能創造月亮女神？顯然是造物主啊！所以賀博士是隱然以造物主自居，所以我說他是邪惡科學家。

按照邪惡科學家官方的宣佈，雙胞胎中，一個嬰兒的基因編輯正確了，另一個嬰兒的基因沒有編輯正確（脫靶了）。

那麼，這個沒有正確編輯基因的嬰兒，是該敲掉的基因沒敲掉，還是敲錯了？如果敲錯了，那她會不會有甚麼缺陷？按照正常人的思維，那這個基因沒有編輯正確的嬰兒是不是在胎兒期間就讓她停止發育，以免生出缺陷兒或者畸形兒？

看，你這又是正常人的思維！要理解邪惡科學家，必須沿着邪惡科學家的邏輯走，人家本來就不是正常人！

如果我是邪惡科學家，哪怕這個錯誤嬰兒是缺陷兒或者畸形兒，我都會讓她降生！活體、雙胎、同性！一個正確一個錯誤，還有比這更完美的參照系嗎？！

甚至更邪惡一點，不是水平不夠導致一個編輯正確一個編輯錯誤，而是……本來設計就是如此呢？這樣的同性雙胞胎在成長過程中，是一組多麼完美的對照組參照資料！

現在是愛滋病免疫型基因編輯嬰兒，下一步呢？高智商高顏值的優化人種型？人獸雜交的海陸空三棲型？——當他們出現時，我們這些脆弱的原生型人類恐怕很快淪為「蟻民」。

而 Luna（月亮女神）是羅馬神。羅馬滅了希臘之後，把人家的許多神也給接管或吞併了。所以，羅馬的月亮女神是 Luna。

這差不多意思是新紀元的開始了吧？

沒想到在我有生之年，科幻這麼快就照進了現實。

但是我感到後背發涼……

古羅馬神話的月亮女神 Luna

錦衣重生龍船花

　　超級大颱風「山竹」過後，我寄居的這個小花園滿目瘡痍。

　　松樹拔了根，芭蕉七倒八歪斷了枝，有的樹乾脆被斬首了。

　　中秋節可能是為了討個好彩頭，管理處特別放了連理樹，就像〈孔雀東南飛〉裏說得一樣，「枝枝相覆蓋，葉葉相交通」，開得一片繁華似錦。大風過後，花葉蕩然無存，連理樹變成了連理枯。

　　更不用說一片小角落裏的龍船花，直接被肆虐的「山竹」給捋成光禿禿的，看起來倒有北方寒冬萬木蕭瑟的感覺了。這種大傷元氣，我想，大概起碼也得幾個月恢復吧。沒想到今天夜裏我無意中在花園平台散步，竟然看到光禿禿的龍船花上長出了嫩紅的葉子。

　　龍船花初生的葉子是嫩紅的，但是，讓我驚訝的是，現在可是秋天，不是初春！我想我這個人類都能感受到秋風拂

面的寒意，它作為草木，想必更能覺察季節的更替。

　　肆虐的「山竹」，剝掉了龍船花一身錦衣。人生一世，草木一秋。遇到「山竹」，大概是這些草木一生之中最大的危機了。沒有想到這些小草比那些高大的喬木更要堅韌，它沒有坐在那裏毫無意義地哭泣，而是把秋天當成春天來過，咽下委屈，餵大格局，努力地生長，直到重新再披一身錦綉華裳。

　　樹猶如此，人應如之！

龍船花

可待花開第二年？

常常有人說：「你的花養得真好，有甚麼秘訣不？」但事實上，我並沒有費很多心思打理。不過是陽光好的時候給它搬到窗台上曬曬，隔些天覺得有點乾了就澆澆水，甚至連肥料都很少施。也不知道為甚麼竟開得這麼旺盛。

香港的高級商場裏面，通常不會用那些俗艷的人造假花，而是真正的桃樹，而且商場愈高級，桃樹也愈大。真桃樹開的花雖然乍看來不如人工花那般鮮艷，但它的花有盛放，有半開，有含苞，百態千姿，花瓣也重重疊疊，連最細小的花蕊也把自己打扮得很鄭重，臨風照影，嫣然百媚。

但惟一叫我感到可惜的是，這些桃樹都是沒有根的。我曾經很驚詫地問過：「沒有根？那過完節之後這些桃樹怎麼辦？」「過完節就會丟掉啊。」「為甚麼不買一些有根的桃樹？這樣過完節還可以種，第二年還會再開呀。」但旋即我就領悟了自己的可笑，在香港這個物質極大豐富的地方，誰會花一年時間去養一棵不開花的樹呢？往往這邊廂花還沒

凋謝，那邊廂就被丟棄了，因為新的，更多的，更美的花又來了。

我不由想起美國也是這樣的。我在美國過耶誕節的時候，貨品架上最高級的也不是那些人造樹，而是新鮮砍下來的大大小小的天然樹。天然樹的首選樹種是冷杉，因為針形葉乾燥以後不易脫落，顏色青翠，氣味芳香，買到冷杉的人似乎也比買人造樹的顯得格外神采飛揚。但是耶誕節一過，垃圾堆上橫七豎八地也會堆滿冷杉，即使青翠依然，芳香依然，甚至有的還纏着金球和彩帶。

也許在那些華麗之城，讓人無法捨棄的，不是和這個東西多有感情，而是這個東西有多昂貴。

貴到讓人捨不得捨棄。

我想起我的好多朋友也是這樣，蘭花謝了，明年再買新的唄。還有個朋友家裏的發財樹有一兩枝葉子發黃了說要扔了，記得那時候我也是大吃一驚，脫口而出：「它只是有點缺水，肥料又不夠，才變成這樣的。只要澆澆水，把這些發黃的葉子剪掉……下次我再送你一瓶肥料，它就會好起來，你不要丟掉它好不好？」

我想我的思想真是古舊。據說，只有上個時代的人，東西壞了覺得要修一修；現代人，東西壞了是馬上就要換的！也許，他們都太忙，太有錢，所以怎麼會相信枯木逢春，怎麼會等待花落重開？

這些，都跟我的故鄉是多麼不同啊。如果是一年生的草本植物，那麼丟掉它還有情可原。但是有很多花，像月季、臘梅、海棠、紫藤……都是可以開很多很多年的。遠的，據說日本有百年的紫藤，北大則有高過層樓的海棠，有

時候在月色裏，我會站在樹下仰望着它，滿心欣喜還帶着點敬畏，這樣的海棠它幻化成美女我也不會覺得奇怪，而且應該是一個長身玉立的美女……而這些，都不是一年可以長成的。

近的，則有我家的月季和臘梅。往往晚秋之時，奶奶就開始修剪月季，只留主幹，甚至嫩紅的新芽也要剪掉，小時候的我常常不解，後來才領悟到因為我們北方有漫長寒冷的冬天，只有刈去所有枝葉，它才能抵禦凜冬，儲積足夠的養分，來年重放異彩。還有小院前頭的臘梅，有的時候，如果這年天氣不好，著花稀少，來年一定是開成繁星點點，似乎為去年的表現不佳深感歉意似的。

我想，那草木也是隨人的。你待它好，説不定它也知道。

它覺得你不會輕易拋棄它，所以才開得這般傾心吐膽，全力以赴。

《紅樓夢》第三十一回，説起賈府的石榴花，翠縷道：「他們那邊有棵石榴，接連四五枝，真是樓子上起樓子，這也難為他長。」後來賈府落敗，花木凋零。一百零一回說滿地下重重樹影，杳無人聲，甚是凄涼寂靜。一百零二回又說到凄涼滿目，臺樹依然，女牆一帶都種作園地一般。世人都認為是氣數的關係，我倒認為未必盡然，總歸是兩個愛花的人寶玉黛玉一死一癲的緣故。

黛玉葬花是人皆盡知的典故，卻少人留意寶玉也是同樣愚癡。第二十七回〈滴翠亭楊妃戲彩蝶　埋香冢飛燕泣殘紅〉：「寶玉因不見了林黛玉，便知她躲了，想了一想，索性遲兩日，等她的氣消一消再去也罷了。因低頭看見許多鳳仙石榴等各色落花，錦重重的落了一地，因嘆道：『這是她心

裏生了氣，也不收拾這花兒來了。待我送了去，明兒再問着她。』……便把那花兜了起來，登山渡水，過樹穿花，一直奔了那日同林黛玉葬桃花的去處來。」第五十八回，〈杏子陰假鳳泣虛凰 茜紗窗真情揆癡理〉中，寶玉病好，看到「山石之後一株大杏樹，花已全落，葉稠陰翠，上面已結了豆子大小的許多小杏。寶玉因想道，能病了幾天竟把杏花辜負了，不覺到『綠葉成陰子滿枝』了。因此仰望杏子不舍……正悲嘆時，忽有一個雀兒飛來落於枝上亂啼。寶玉又發了呆性，心下想道：這雀兒必定是杏花正開時，他曾來過，今見無花，空有枝葉，故也亂啼。這聲韻必是啼哭之聲，可恨公冶長不在眼前，不能問他。但不知明年再發時，這個雀兒可還記得飛到這裏來與杏花一會了。」到了《紅樓夢》的末尾，愛花的人既然不在了，那花自然也開得有氣無力，無精打采了。

　　《世說新語》中說，華歆和王朗一同坐船逃難，有一個陌生人希望能跟他們一起走，華歆感到為難，王朗說：「幸好船上還寬敞，有何不可？」後來賊兵追上了，王朗想拋棄當初所帶的那個人。華歆說：「原來我感到遲疑不決的原因，正是為了怕發生這種情形。如今既然已經接受他來船上安身，怎麼可以在危急的時候拋棄他呢？」於是不改初衷，仍然帶着那個人一起逃難。

　　若你是那落難之人，你希望遇見華歆，還是王朗？

　　我想買花也是如此，不要輕易去買，既然買了，就一定要好好對待它。

　　世人歆羨「不離不棄」，往往是期待別人對自己「不離不棄」，但自己對別人有沒有「不離不棄」？雖則《道德經》說，

天地不仁，以萬物為芻狗。但是，遇到不拿自己當芻狗的，即使草木，也是心懷感激的吧。

《聖經》說過：「凡事有定期，萬物有定時；生有時，死有時；播種有時，收穫有時；殺戮有時，醫治有時；哭泣有時，歡笑有時；悲慟有時，起舞有時。」所以若那花開得暫時不如你意，何妨等等看？

養花有秘訣嗎？如果有，那就是我從擁有它的第一天和每一天，從沒想過不愛它，不要它。

不信你也試試？

第三章 飲食文化

茶中趣史：好茶憑藉力，送我上青雲

　　關於飲茶，很早以前幾位香港朋友曾經歷過一件趣事。有一次他們去北京，吃飯的時候人家問要不要茶，要龍井、碧螺春、鐵觀音還是普洱？

　　他們漫不經心地說了一樣，結果結帳的時候，一看錢數怎麼不太對啊？仔細一看，茶的價格比他們那頓飯菜的總價還貴！原來，在香港是按茶位算的，吃飯的時候每位定例幾元錢。而他們那次去北京，茶是單列在酒水單上的，尤其是明前西湖龍井，那更是「時價」了。所以說「入鄉問俗」很重要，進入一個地方，先要問清那裏的習俗，以求適應當地的情況。

　　要說香港的茶這麼廉宜，北京的茶那麼昂貴，是不是存在宰客現象？倒也並非如此。一是隨餐奉送的茶和酒水單上單列的茶品質等級不同。二是好茶本身確實是高昂其值的，

其作用可不僅僅是賣得了高價這麼簡單。

宋時將茶葉碾成細末，再以其膏脂做成茶餅，上印龍鳳圖案，歲貢皇帝飲用。龍鳳團茶，起於丁謂，成於蔡襄。宋真宗成平年間，丁謂任福建轉運使，開始監造龍鳳茶，始制為鳳團，後為龍團，當時精工製作了四十餅進獻皇帝，龍顏大悅，此後，建州每年貢龍鳳團茶。丁謂升為宰相，封晉國公，獨攬朝政。

《紅樓夢》裏寶姐姐詠柳絮時説道「好風憑藉力，送我上青雲」，可這遠在宋代，可不就是「好茶憑藉力，送我上青雲」了麼？從此，達官貴人為了爭得天子的歡心，便在北苑茶見新時各自獻出先春絕品。

因此，蘇東坡寫詩譏諷道：「武夷溪邊粟粒芽，前丁後蔡相籠加。爭新買寵各出意，今年鬥品充官茶。」

宋朝的龍團茶

文化語言學和一帶一路中的「茶」

　　「茶」字在東漢民間就已出現，魏晉南北朝時期，飲茶風氣盛行南方，但未見關於「茶」字的文物出土。唐代是飲茶大盛的時期，1953 年長沙藍岸嘴窯窯址出土一件玉璧底青釉褐斑茶碗，碗底裏側碗心有褐綠彩書「荼埦」；同樣是長沙窯產品，1998 年印尼黑石號沉船上也發現一件青釉褐綠彩茶碗，在其碗心用褐彩書「荼盞子」。黑石號因出土有「寶曆二年（826）」銘文瓷器，故其沉沒時代被斷定為九世紀上半葉。長沙華淩石渚博物館藏有銘文的盒蓋一隻，裝飾有四圈凸起的同心圓弦紋，上用軟筆書寫釉下綠彩「大荼合」三個字。由此引發一個爭議，這個荼是我們現在的茶嗎？

　　宋人魏了翁在《邛州先茶記》中記載：「荼之始，其字為荼。如《春秋》書齊荼，《漢志》書荼陵之類，陸（德明）、顏（師古）諸人雖已轉入茶音，而未敢輕易字文也。若《爾雅》，若《本草》，猶從艸從余，而徐鼎臣訓荼猶曰：『即今之茶也』。惟自陸羽《茶經》、盧仝《茶歌》、趙贊《茶禁》以

後，則遂易荼為茶，其字為艸，為入，為木，而謂荼為茅秀，為苦菜，終無有命荼為茶者矣。」這一看法雖然有人懷疑，但我們認為是可信的。因為第一，從語音形式上看，「荼」、「茶」二詞在上古時期既是定母雙聲，又是魚部疊韻，具備作為同源詞的語音條件；第二，從文獻記錄來看，陸羽的《茶經》明言：茶「其名一曰荼，二曰檟」，而《爾雅．釋木》又記載：「檟，苦荼」；第三，晉代著名學者郭璞在《爾雅注》中具體指出：「檟樹小如梔子，冬生葉，可煮作羹飲。今呼早采者為荼，晚取者為茗，蜀人名之苦荼」。

從上述多方面證據的基礎上大致可以推知：《茶經》中的「茶」，即《爾雅》中的「檟」和「苦荼」。唐代文物上的「茶垸」、「茶盞子」、「大茶合」可以作為我國飲茶史的一個旁證。

茶葉和飲茶習慣又陸續通過陸路和海路兩條不同的路線流傳到國外，贏得東西方許多國家青睞。饒有趣味的是，猶如根據蛛絲馬跡破案，我們可以從茶在不同國家的讀音倒推回去它的傳播路線 —— 凡是從陸路去的，如俄羅斯、阿拉伯、波斯、羅馬尼亞、土耳其，都讀成清擦音或塞擦音聲母，這是因為它來源於中國北方話的 tsh-；凡是從海路去的，如英國、法國、德國、荷蘭，都讀做清塞音聲母 t-，這是因為它來源於中國福建沿海地區茶園的閩南話 t-。讀音的不同，可以追溯到傳入的時間和途徑不同。

長沙藍岸嘴窯窯址出「荼埦」

紅樓時令烤鹿肉和我的回憶

一陣凜風，雖然溫度還有 18 度，但香港立馬有入冬之感了。也難怪，這裏最冷也不能低過 10 度。所以，現在就是蕭瑟之季了。

中午在學校飯堂吃飯的時候，同事孔老師隨口道，張老師，冬天了，你的微信公眾號何不發些時令的菜蔬？比如，怎不寫寫紅樓夢裏的烤鹿肉呢？

我一笑，深以為然。孔老師真是錦心繡口好風雅。

《紅樓夢》裏的烤鹿肉恐怕是很多人的心頭好吧？那是在第四十九回〈琉璃世界白雪紅梅　脂粉香娃割腥啖膻〉：

史湘雲便悄和寶玉計較道：「有新鮮鹿肉，不如咱們要一塊，自己拿了園里弄着，又頑又吃。」寶玉聽了，巴不得一聲兒，便真和鳳姐要了一塊，命婆子送入園去。

一時大家散後，進園齊往蘆雪廣來，聽李紈出題限韻，獨不見湘雲寶玉二人。黛玉道：「他兩個再到不了一處，若到一處，生出多少故事來。這會子一定算計那塊鹿肉去了。」

正説着，只見李嬸也走來看熱鬧，因問李紈道：「怎麼一個帶玉的哥兒和那一個掛金麒麟的姐兒，那樣乾淨清秀，又不少吃的，他兩個在那裏商議着要吃生肉呢，説的有來有去的。我只不信肉也生吃得的。」眾人聽了，都笑道：「了不得，快拿了他兩個來。」黛玉笑道：「這可是雲丫頭鬧的，我的卦再不錯。」

李紈等忙出來找着他兩個説道：「你們兩個要吃生的，我送你們到老太太那裏吃去。那怕吃一隻生鹿，撐病了不與我相干。這麼大雪，怪冷的，替我作禍呢。」寶玉笑道：「沒有的事，我們燒着吃呢。」李紈道：「這還罷了。」只見老婆們拿了鐵爐，鐵叉，鐵絲鐪來，李紈道：「仔細割了手，不許哭！」説着，同探春進去了。

鳳姐打發了平兒來回覆不能來，為發放年例正忙。湘雲見了平兒，那裏肯放。平兒也是個好頑的，素日跟着鳳姐兒無所不至，見如此有趣，樂得頑笑，因而褪去手上的鐲子，三個圍着火爐兒，便要先燒三塊吃。那邊寶釵黛玉平素看慣了，不以為異，寶琴等及李嬸深為罕事。探春與李紈等已議定了題韻。探春笑道：「你聞聞，香氣這裏都聞見了，我也吃去。」説着，也找了他們來。李紈也隨來説：「客已齊了，你們還吃不夠？」湘雲一面吃，一面説道：「我吃這個方愛吃酒，吃了酒才有詩。若不是這鹿肉，今兒斷不能作詩。」説着，只見寶琴披着鳧靨裘站在那裏笑。湘雲笑道：「傻子，過來嘗嘗。」寶琴笑説：「怪髒的。」寶釵道：「你嘗嘗去，好吃的。你林姐姐弱，吃了不消化，不然他也愛吃。」寶琴聽了，便過去吃了一塊，果然好吃，便也吃起來。一時鳳姐兒打發小丫頭來叫平兒。平兒説：「史姑娘拉着我呢，你先

走罷。」小丫頭去了。一時只見鳳姐也披了斗篷走來，笑道：「吃這樣好東西，也不告訴我！」說着也湊着一處吃起來。黛玉笑道：「那裏找這一群花子去！罷了，罷了，今日蘆雪廣遭劫，生生被雲丫頭作踐了。我為蘆雪廣一大哭！」

湘雲冷笑道：「你知道甚麼！『是真名士自風流』，你們都是假清高，最可厭的。我們這會子腥膻大吃大嚼，回來卻是錦心繡口。」寶釵笑道：「你回來若作的不好了，把那肉掏了出來，就把這雪壓的蘆葦子摁上些，以完此劫。」

我不禁想起了自己小時候，也是個挖空心思好玩的。不過我們家那時候沒有鹿肉，可是這也難不倒我。北方過年的時候，通常有酥肉、酥雞、酥魚甚麼的。做法是把肉、雞、魚切成塊兒，在澱粉糊裏打個滾兒，渾身掛滿了芡，丟進油鍋裏炸得黃焦焦的，儲存在大瓷盆裏。可以直接吃，也可以放在扣碗裏蒸熟了上宴席。

北方為了取暖，屋子裏還有蜂窩煤爐。剛放上蜂窩煤不行，有煙氣，而且溫度低，蜂窩煤燒乏了也不行，沒火力了。就得恰好是燒到「煤到中年」的時候，火氣散了，灼熱不再，有着明亮而不刺眼的光輝，一種無須聲張的溫厚，不急不躁，後勁悠長。

我拿出幾塊酥肉，再用小刀切成小塊，串起來架在火上烤。沒有鐵絲也沒有竹簽，是把筷子劈細了串的。奶奶看我一個小小的人兒一個人坐在爐子前煞有介事地烤肉，覺得真是好玩，指點說：「要刷點油。」可是我偏不，因為酥肉本來過了油，而且本身也是肥瘦相間的，用這樣的小火烤一會兒，自己就滴下油來，一滴，又一滴，落在紅紅的蜂窩煤上，「嗞」地一聲，化煙了。烤好了，灑一點點調料，外面微

微有點焦，裏面香嫩，關鍵是毫不油膩。我獻寶似地舉給奶奶：「奶奶，給，嘗嘗」。奶奶忍着笑，嘗一塊兒，「是好吃呢。我們小惠真巧。」香氣細細地彌漫開來，一室溫暖如春。門關着，外面如何狂風暴雪，似乎都可以不管。

　　現在我在香港了，這個物質極大豐富的華麗之城，甚麼樣的肉都有，甚麼樣的燒烤爐鐵籤子都有。可是，我卻再沒有烤肉的閒適心情了。

拒絕做輸不起的鬥雞

　　紅學會實在是個有趣的所在,你永遠預料不到下一步會有甚麼發生。

　　這不,來到了鄧州紅學會,開心地參加他們舉辦的《紅樓夢》(薛寶釵)讀書競賽大會之餘,郝新超秘書長大手一揮,說要請我們吃「鬥雞」。

　　「吃鬥雞?鬥雞能吃嗎?」我驚訝地問。那該多貴啊,豈不是跟吃賽馬有點類似?

　　有的老師猜測:「是柴雞吧?哪能真吃鬥雞?」

　　我們懷着疑問,乘車到了郝秘書長安排的農家院。

　　鄧州空氣不錯,傍晚七點多了,還是天抹微雲,碧空湛湛。

　　農家小院的旁邊用石頭壘起圍牆,隔成一個小菜園,裏面種的有長豆角,四角豆,荊芥,番茄,黃瓜,小蔥等等,地面上還長着馬齒莧這些野菜,一片蓬蓬勃勃。外面的田地裏整整齊齊種着花生,還開着小黃花,據說八月就有新花生

吃了。

另一片田地裏滿是花樹苗，雖還未開花，從葉子判斷像是紫薇花。記得《聊齋志異》中有一篇〈黃英〉，酷愛菊花的馬子才偶遇菊花精化身的陶家姐弟陶黃英、陶三郎，相談投契，邀請陶家姐弟住在自己家並供給飲食。三郎有一天對馬子才說：「你家裏本來不富裕，我每天吃你的喝你的很連累你，現在我想出了一個解決問題的辦法，賣菊花足以維持生計。」馬子才向來清高耿直，聽三郎這麼一說，非常鄙視他，說：「我以為你是個風流高雅的人，一定能安於貧困；現在你說出這樣的話，太勢利了，侮辱了菊花。」陶三郎笑着說：「自食其力不是貪婪，賣花為業不算庸俗。一個人固然不能苟且謀求富裕，但是也不必一定謀求貧困。」

三郎笑而不語，只是把馬子才所丟棄的殘枝劣種全都撿去，經他蒔種，無不成名花異種，黃英督促僕人種菊，和弟弟種的不相上下。買花人慕名而來，絡繹不絕，陶家姐弟買田營宅，頓成豪富。

之後黃英嫁給馬子才，馬子才身享榮華，卻覺得不自在，說：「我三十年清貧的德操，如今被你失掉了。一個男人活在世間，卻要依靠妻子過活，真是沒有一點男子漢的氣概。人們都祈禱富足，我卻要祈禱貧窮。」黃英說：「我並不是貪婪鄙陋。但是，如果不能稍稍富足一點，那就會叫千年以後的人都說陶淵明是貧賤骨頭，一百代也不能發家。所以姑且為我們陶家彭澤令解解嘲罷了。」

記得我以前看到此篇，心中頗笑馬子才真如《紅樓夢》中所言「膠柱鼓瑟」。賣花勤勞致富，與賈雨村貪刻為官，哪個更有德操呢？所以我很欣賞鄧州人種花賣花自食其力的

精神。此處雖沒有《紅樓夢》稻香村幾百株杏花如噴火蒸霞，但卻是真自然，真鄉土，繁華洗淨，田園清幽，讓糾纏於世務之中的我們偷得浮生半日閒，一時頗有意趣，甚是喜歡。

進了後院，大吃一驚，籠子裏真的是鬥雞！

這些鬥雞舉首投足之間，其實還能看出當日俾睨捭闔之像，誠如晉傅玄〈鬥雞賦〉所贊「擢身竦體，怒勢橫生。爪似煉鋼，目如奔星」。莫非今日就成了我們的盤中珍饌了麼？

老闆娘一語道破天機 —— 今天吃的是那些鬥敗的雞。

啊？真如王勃〈檄英王雞〉中所說，戰場認輸投降者就應趕盡殺絕？——「雌伏而敗類者必殺，定當割以牛刀。」

難怪人生要奮勇直前，不是不能輸，是輸不起啊！

我不由想起一則新聞〈17歲少年高考後華山旅遊遇難〉。據遇難少年王某的空間顯示，他在 15 日 6 時 55 分更新了一條說說，從這條說說來看，王某似乎有了輕生的念頭。內容是：「吾去也，莫尋骸，世間本無安心所，何事空留皮囊在人間。若說鐵檻饅頭是為使人掛念，倒不如掛念時便是我魂靈所在。有緣的，來世再續；無緣的，勞煩了牽絆。有恩的，下世償還；有仇的，煙消並雲散。從今兩地隔，再難相見，夢裏頭再聚也實是難安。」

據親友介紹，王某很懂禮貌，朋友也多，性格不算很外向，但比較穩重，懂事。成績是靠前的水準，「這孩子從小就聽話，給人的印象很好。」

看到新聞的網友也頗為惋惜 —— 孩子如果你活着，幾年後你再回頭看你曾經遇到的坎坷才發現其實那都不是事，都會過去的。可惜你已走。願你在另一個世界安好，願你父母安好。

這也是我的心聲。這麼有才華的孩子，何等可惜！

記得我十七歲的時候，一句重話就悲痛欲絕，多年後回望實在不值一笑。

學習好眾人捧大的孩子，多沒有受過甚麼「挫折教育」，心思敏感神經纖細，冷不防遇到「重露繁霜壓纖梗」，脆弱的可能就壓斷了。

正在思忖，老闆娘上來招呼讓大家品嘗鬥雞。

這鬥雞肉質細嫩，紋理緻密，皮比一般的雞皮厚實一倍有餘，但唯覺香濃，卻毫不油膩。但是正如莊子之問，「此龜者，寧其死為留骨而貴，寧其生而曳尾塗中乎？」我想這個鬥雞，也是寧願在戰場格鬥，也不願成為我們的盤中美食啊！

那個十七歲的少年，應該是熟讀《紅樓夢》並有相當文學素養的，他自己做的「有緣的，來世再續；無緣的，勞煩了牽絆。有恩的，下世償還；有仇的，煙消並雲散」云云是仿照的《紅樓夢》十二支曲《收尾：飛鳥各投林》「有恩的，死裏逃生；無情的，分明報應；看破的，遁入空門；癡迷的，枉送了性命。」

可是少年啊，要讀書，可是不要讀死書！

就在我們知道這個少年之前，在鄧州的紅樓座談會上，孫偉科教授談到了跳出《紅樓夢》來看《紅樓夢》來研究《紅樓夢》的問題，我談了《紅樓夢》學以致用的想法，朱永奎教授在江蘇早已有了紅樓夢文化產業的實踐，鄧州文廣新局的高玉曉局長提出了《紅樓夢》和紅學學會探索結合實際的構想。

真的，我們該怎麼看待《紅樓夢》呢？假如說我們陷進

去出不來，只看到青春鮮活的生命一個個逝去，家業凋零，星流雲散，那自然是愈看愈消極。想來研究紅學的也都是些皓首窮經的老夫子尋章摘句的老雕蟲。可是這個十七歲的小少年，如果來鄧州參加一下我們的紅學活動，就會知道紅學也可以是歡樂的，有趣的；紅學的研究者也可以是經世致用關心民瘼的。

《紅樓夢》是寫了那麼多的死亡，那麼多的人生在世不稱意，可是少年啊，正因為我們知道人都是要死的，所以我們這一生要活得值得！要勇敢地去經歷、去承擔、去征服，這樣才能不虛此生，這樣才能含笑九泉，正如凱撒大帝驕傲地宣稱 ——「我來！我見！我勝！」（Veni, vidi, vici.）

鬥雞鬥敗了被人吃，那是人生的不得已，鬥雞自己不會自殺的。人生峰迴路轉，一時的失利不是要橫刀自刎，而是要臥薪嚐膽，扼住命運的喉嚨，讓它以十倍百倍來償還你今日的羞辱苦痛！須知：

> 勝敗兵家事不期，包羞忍恥是男兒！
> 江東子弟多才俊，捲土重來未可知！

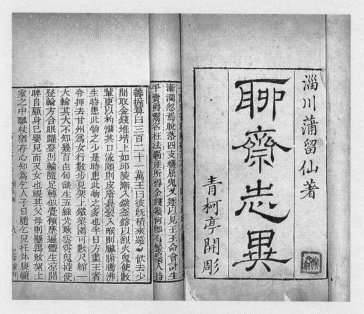

《聊齋志異》書影

爺爺和洪山廟月餅

又是中秋節了，香港這個地方，各種矜貴月餅爭奇鬥豔，燕窩的、火腿的、四黃蓮蓉的、奶黃的……有的早早就賣斷了貨，有錢也沒處買去。但是這時我卻突然懷念起我家鄉的老式月餅。

記得每年中秋前夕，還沒到親友們迎來送往之際，爺爺總是在某個清晨，專門去買洪山廟的月餅。他回來時，可能我才剛剛起牀，於是，這月餅就成了我的早餐。洪山廟月餅小小的，一個大約和蛋黃酥那麼大，所以我一般吃一個或是兩個。其實月餅有很多種，但是爺爺每年提前買來給我吃的就是這種老式酥皮月餅，因為他覺得好像我天生就該喜歡這種小巧玲瓏的東西。奶奶說，我小時候爺爺成天向人誇口：「看我的孫女，手小小的，腳小小的，多麼可愛。」奶奶和我說這個的時候，我肚子裏簡直要笑死了，這有甚麼可誇耀的啊？哪個嬰兒不是手小小的，腳小小的？但是我們應該原諒一個初次抱孫的祖父的偏愛啊。

以前吃月餅的時候，只覺得洪山廟是個地名，現在想想，是不是以前是和尚師傅做的傳承下來的呢？因為據我回憶，五仁、八寶、冰糖、玫瑰、棗泥、豆沙、青紅絲⋯⋯都是素的。之後到了香港才知道有蛋黃的、火腿的，我的導師還向我推薦過上海的鮮肉月餅，鮮肉月餅？多麼不可思議，真是顛覆了我對月餅的認知，直到現在還沒敢嘗試呢。

前幾年好多人對五仁月餅口誅筆伐，直言要求它退出月餅界。我覺得挺奇怪，因為那裏面各種果仁，不都是好東西嗎？臘八粥裏面不也是很多果仁嗎？一個小小的酥皮月餅，裏面包上瓜子仁、核桃仁、花生米、芝麻仁，不很有營養嗎？

不過我最喜歡的是棗泥和豆沙餡的月餅。小時候爺爺買來的月餅是真材實料的，裏面都是純棗泥純豆沙，偶爾還會看到棗皮和豆皮。現在追求研磨得愈精細愈好，其實反而不如這些保留了一點棗皮和豆皮的餡料更有質感和香味。

記得我初到異鄉的時候，有朋友善意地提醒我說，你就是不會包裝。初聽我一頭霧水，後來才明白，意思是為人處世也是需要一定的「包裝」的。君不見，日本饋人之物，可能內在不過些微小物，但是包裝精妙雅致，反而得人珍而重之嗎？這和小時候爺爺和師長教育我說要老實本分是多麼不同啊。

新聞說，現在的水果月餅裏面所謂的水果都是冬瓜摻各種香精做成的，難怪我吃水果月餅的時候覺得怪怪的，卻又說不出個所以然來。這使我愈發懷念起爺爺買回來的老式月餅了。

萬般滋味：紅樓夢中粥

　　跟山珍海味相比，粥看似不起眼，但卻最能健脾胃。明朝大醫學家李時珍在《本草綱目》中就對粥讚譽有加，稱其「極柔膩，與腸胃相得，最為飲食之妙訣也」；而清代醫學家王士雄更稱「粥乃世間第一補人之物」。

　　在《紅樓夢》裏描寫了無數奢華宴會的曹雪芹深知食粥有益於健康，在書中的多個章節裏多次提及多種粥品，細究之下各有養生妙用。

　　第五十四回〈史太君破陳腐舊套〉中，賈母說道：「夜長，覺的有些餓了。」鳳姐兒忙回說：「有預備的鴨子肉粥。」賈母道：「我吃些清淡的罷。」鳳姐兒忙道：「也有棗兒熬的粳米粥，預備太太們吃齋的。」

　　家人為賈母準備的都是比較精緻、適合老人家養生特點的粥品，如鴨子肉粥能清虛火，對虛不受補的體弱者或老人最適宜；棗兒熬的粳米粥則能益氣養血，紅稻米粥也同樣能滋補氣血，對上了年紀，身體機能老化而氣血不足的老人也

很有補益。

而襲人偶感風寒後吃藥發汗後感覺好些了，會吃些米湯來靜養。米湯跟我們家常煮的稀粥比較接近。可別小看米湯，趁熱喝能發汗，有去風寒的輔助功效。而且米湯的營養價值也不低，特別是熬出來的那層黏稠的「粥油」，不但易消化且富含維生素，很適合體虛的產婦或病人食用。

《紅樓夢》中的粥不僅可以用來養生，據説也可以辨別不同作者的文筆呢！

第八十七回〈感秋聲撫琴悲往事〉紫鵑便問道：

> 「剛才我叫雪雁告訴廚房裏給姑娘作了一碗火肉白菜湯，加了一點兒蝦米兒，配了點青筍紫菜。姑娘想着好麼？」黛玉道：「也罷了。」紫鵑道：「還熬了一點江米粥。」……這裏雪雁將黛玉的碗箸安放在小幾兒上，因問黛玉道：「還有咱們南來的五香大頭菜，拌些麻油醋可好麼？」黛玉道：「也使得，只不必累贅了。」一面盛上粥來，黛玉吃了半碗，用羹匙舀了兩口湯喝，就擱下了。

眾讀者極為不憤，林黛玉怎麼可能吃這等廉價的飲食？想一想，前八十回眾人都吃的甚麼，茄鯗、胭脂鵝脯、糖醃的玫瑰鹵子、小蓮蓬兒小荷葉兒湯、豆腐皮的包子、藕粉桂花糖糕、松瓤鵝油卷……

俗語道，「三代為官作宦，方知穿衣吃飯」，紅學家評價道，高鶚畢竟沒有經歷過「鮮花着錦，烈火烹油」的繁華歲月，寫不出榮華富貴。

鄧雲鄉先生在〈高鶚的湯〉一文中評論道：

第一，這吃「粥」就「湯」，就是南北各地，從來沒有聽

說過的吃法。飯有飯菜，粥有粥菜，酒有酒菜。拿曹雪芹寫的對照來看看。

第四十三回〈閑取樂偶攢金慶壽〉一開頭寫道，賈母道：「今日可有大好了。方才你們送來的野雞崽子湯，我嘗了一嘗，倒有味兒，又吃了兩塊肉，心裏很受用。」王夫人笑道：「這是鳳丫頭孝敬老太太的……」賈母點頭笑道：「難為他想着。若是還有生的，再炸上兩塊；鹹浸浸的，喝粥有味兒。那湯雖好，就只不對稀飯。」

「那湯雖好，就只不對稀飯」，這是最普通的飯食常識。

第二，這五香大頭菜加醋，也是怪文。

五香大頭菜本來是很普通的東西，由南京揚州，直到蘇州杭州，到處都有得賣。在這些地方，本地五香大頭菜，並不為貴，而更好的是講究雲南大頭菜。再有在大頭菜品種中，也不以五香大頭菜為上品，還有玫瑰大頭菜，桂花大頭菜等等。他還特地加了「咱們南來的」幾字，以示親切，而實足更顯示寒傖，絲毫不懂南方的飲食。

這大頭菜裏放「醋」，也是很難想像的。南甜北鹹，東辣西酸，各地的飲食習慣，只有山西人愛在醬菜裏倒醋，北京人不大會往各種醬菜裏倒醋，至於江南人，那就更不會在各種醬菜裏放醋了。

好了，趣事兒講完了，讀者諸君，笑過之後，喝碗粥方是要緊的。切切。一笑。

邓雲鄉著作集

紅樓夢裏的分餐制

《紅樓夢》大部分場合用的是合餐，但是同時他們也實行分餐。

一種是天冷之際，鳳姐提議讓李紈帶着寶釵、黛玉、探春等姑娘開個小廚房在大觀園中吃飯，不用走到榮國府和長輩們一起吃。

鳳姐兒和賈母王夫人商議說：「天又短又冷，不如以後大嫂子帶着姑娘們在園子裏吃飯一樣。等天長暖和了，再來回的跑也不妨。」王夫人笑道：「這也是好主意。颳風下雪倒便宜。吃些東西受了冷氣也不好，空心走來，一肚子冷風，壓上些東西也不好。不如後園門裏頭的五間大房子，橫豎有女人們上夜的，挑兩個廚子女人在那裏，單給他姊妹們弄飯。新鮮菜蔬是有分例的，在總管房裏支去，或要錢，或要東西，那些野雞，獐，麅各樣野味，分些給他們就是了。」賈母道：「我也正想着呢，就怕又添一個廚房多事些。」鳳姐道：「並不多事。一樣的分例，這裏添了，那裏減了。就

便多費些事，小姑娘們冷風朔氣的，別人還可，第一林妹妹如何禁得住？就連寶兄弟也禁不住，何況眾位姑娘。」

鳳姐這個分餐制的提議，體現了鳳姐對大觀園姊妹的真心疼愛，尤其是對林妹妹的關懷；其次也體現了大公無私，因為鳳姐並不住在大觀園，她提議這個分餐制實行之後，李紈可以不用在太婆婆那兒立規矩，眾姊妹免了冬日路途上的忍寒受凍，但是她自己並沒有從中得到任何好處。

因此賈母喜歡得讚不絕口，賈母道：「正是這話了。上次我要說這話，我見你們的大事多，如今又添出這些事來，你們固然不敢抱怨，未免想着我只顧疼這些小孫子孫女兒們，就不體貼你們這當家人了。你既這麼説出來，更好了。」因此時薛姨媽李嬸都在座，邢夫人及尤氏婆媳也都過來請安，還未過去，賈母向王夫人等説道：「今兒我才說這話，素日我不說，一則怕逗了鳳丫頭的臉，二則眾人不伏。今日你們都在這裏，都是經過姒娌姑嫂的，還有他這樣想的到的沒有？」薛姨媽、李嬸、尤氏等齊笑説：「真個少有。別人不過是禮上面子情兒，實在他是真疼小叔子小姑子。就是老太太跟前，也是真孝順。」

另一種是一時興起，換換花樣，比如説《紅樓夢》第四十回，因為湘雲曾經設了螃蟹宴招待大家，因此賈母正和王夫人眾姐妹商議給史湘雲還席。

「寶玉因說道：『我有個主意：既沒有外客，吃的東西也別定了樣數，誰素日愛吃的，揀樣兒做幾樣。也不要按桌坐席，每人跟前擺一張高几，各人愛吃的東西一兩樣，再一個什錦攢心盒子、自斟壺，豈不別致？』賈母聽了，

說:『很是。』忙命傳與廚房:『明日就揀我們愛吃的東西作了,按着人數,再裝了盒子來,早飯也擺在園裏吃。』」

什錦攢心盒子,其實就是攢盒的一種,是盛菜、果的盤盒,因為分許多格子,都攢向中心,所以叫做「攢心盒子」。

林語堂最喜歡的《浮生六記》中的芸娘曾經設計過類似的食盒:

> 芸為置一梅花盒:用二寸白磁深碟六隻,中置一隻,外置五隻,用灰漆就,其形如梅花,底蓋均起凹楞,蓋之上有柄如花蒂。置之案頭,如一朵墨梅覆桌;啟盞視之,如菜裝於瓣中,一盒六色。

言及此,又牽涉到《紅樓夢》中的一個飲食規矩,也就是吃飯時兒媳婦、孫媳婦對婆婆、太婆婆要站着伺候。第三回,林黛玉進賈府後,拜見賈政之時,賈政齋戒去了,黛玉正在和王夫人話家常,有丫鬟來回:「老太太那裏傳晚飯了。」王夫人忙攜了黛玉,往賈母院中去。但是王夫人並不在賈母處吃飯,為何要忙忙趕去?她們進入房門後,已有多人在此伺候,「見王夫人來了,方安設桌椅。賈珠之妻李氏捧飯,熙鳳安箸,王夫人進羹。賈母正面榻上獨坐。」脂硯齋此處的批注道破疑竇——「不是待王夫人用膳,是恐使王夫人有失侍膳之禮耳!」因此,王夫人急忙趕去是為「侍膳」,親自為婆婆進羹。這是媳婦必須對婆婆表達的孝順之心。

第四十三回,賈母特意給王熙鳳湊份子過生日,滿府的人都來了,薛姨媽和賈母對坐,邢夫人、王夫人只坐在房門

前兩張椅子上，寶釵姊妹坐在炕上，就連賴嬤嬤等幾個年老的家人，也被安排了一個小杌子。但是尤氏和鳳姐兒，卻只能在地上站着。

在婆婆和太婆婆面前，媳婦兒只有站着的份兒。邢夫人和王夫人因為年齡也不小了，又有兒媳婦在跟前，才額外被安排了一個房門前的椅子，以表示和婆婆的差異。但是，尤氏和王熙鳳、李紈妯娌，就只有站着的資格了。

螃蟹宴的時候，上面一桌：賈母、薛姨媽、寶釵、黛玉、寶玉；東邊一桌：史湘雲、王夫人、三春；西邊一桌：李紈和鳳姐的，虛設座位，二人皆不敢坐。這還是因為是史湘雲請客，所以給二人設了虛位。第四十回，賈母擺宴大觀園的時候，賈母帶着寶玉、湘雲、寶釵、黛玉一桌，王夫人帶着迎春姐妹一桌，劉姥姥傍着賈母一桌。李紈和鳳姐兒呢？沒位置！等到賈母等都吃完了，往探春房裏閒話去了，李紈和鳳姐兒才坐下來吃飯。

脂批曾經點出：「在劉姥姥眼中，以為阿鳳至尊至貴，普天下人都該站着說，阿鳳獨坐才是。如何今見阿鳳獨站哉？」

《紅樓夢》中的這種飲食規矩體現了滿族習俗。余英時在〈曹雪芹的反傳統思想〉一文中寫道：「曹家在文化上已是滿人而不是漢人了。滿族征服中國本土以後，漢化日益加深，逐漸發展出一種滿漢混合型的文化。這個混合型文化的最顯著特色之一便是用已經過時的漢族禮法來緣飾流行於滿族間的那種等級森嚴的社會制度。其結果是使滿人的上層社會走向高度的禮教化。所以一般地說，八旗世家之尊禮守法實遠在同時代的漢族高門之上。曹雪芹便出生在這樣一個

『詩禮簪纓』的貴族家庭中。」因此，在《紅樓夢》中，我們看到了森嚴的進餐等級制度。

其一，滿族八旗世家，娶進來的媳婦兒是沒地位的。王夫人雖是長輩，王熙鳳貴為榮國府的大管家，但她們均是媳婦兒，因此也是要站着伺候老祖宗吃飯的。其二，滿人習俗，姑奶奶尊貴。《清稗類鈔》「風俗類」之「旗俗重小姑」條：旗俗，家庭之間，禮節最繁重，而未字之小姑，其尊亞於姑，宴居會食，翁姑上座，小姑側坐，媳婦則侍立於旁，進盤匜、奉巾櫛惟謹，如僕嫗焉。因此，進餐時，黛玉、寶釵和迎探惜三姐妹雖是晚輩，但她們是「姑奶奶」，還是未出閣的姑奶奶，滿族姑奶奶尊貴，未出閣尤其尊貴，因此被小心侍奉而安坐泰然。所以幾十年後，王夫人依然滿懷羨慕地追憶自己的小姑：「只說如今你林妹妹的母親，未出閣時，是何等的嬌生慣養，是何等的金尊玉貴，那才像個千金小姐的體統。如今這幾個姊妹，不過比別人家的丫頭略強些罷了。」

那麼，旗俗為甚麼如此重小姑呢？那是因為未出嫁的大姑娘有可能被選為妃，一旦中選，將成為整個家族的榮耀。《清稗類鈔》「禮制類」之「選后」條指出：「蓋旗女未出室，與父母坐，輒右女而左父母。殊似西禮。惟西禮待女以賓，旗禮為備充後庭，不相同耳。」這種說法有《清宮遺聞》卷二「記滿洲姑奶奶」予以佐證：「旗人家族習慣，皆以未字之幼女為尊。雖其父母兄嫂，亦皆尊稱之為『姑奶奶』……旗人男稱『爺』，女稱『奶』，乃極尊貴之名稱；亦有稱姑娘為爺者，是雌而雄矣。但未字之女最尊，若出嫁後則又等閒視之，不知何故。或云幼女未字時，有作皇后太后之希望，是

或然歟？」

　　末代皇帝溥儀自傳《我的前半生》也談到：「據說旗人姑娘在家裏能主事，能受到兄嫂輩的尊敬，是由於每個姑娘都有機會選到宮裏當上嬪妃。」

　　張愛玲《紅樓夢魘》之「五詳紅樓夢」總結了女兒落座、媳婦伺候的玄機：「滿人未婚女子地位高於已婚的，因為還有入宮的可能性。因此書中女兒與長輩一桌吃飯，媳婦在旁伺候。」

這個世界上只有一種粽子！

這個世界上只有一種粽子！

當我還是個小姑娘的時候，我一直這麼堅定地認為。

那就是我家門口不遠賣的紅棗粽子。

擺攤的時間久了，主顧和賣家也成了朋友，比如奶奶總是叫我稱呼這家賣粽子的阿姨為黑妮姨。黑妮姨總是端午節賣粽子，元宵節賣元宵，所以走過她的攤子，就可以感受到時令的更替。

黑妮姨家的粽子，粽葉是碧綠碧綠的，解開纏着粽葉的繩子，拆開粽葉，裏面是一個三角形的雪白雪白的小粽子，裏面包着兩三顆紅棗。

我喜歡碧綠碧綠的粽子葉，因為只有當年五月新採又初次煮的粽子葉才是碧綠碧綠的，若是隔年的陳葉，或是重複再用的粽葉，無論如何，都不復這般青蔥模樣了。

粽葉有一股風露清愁的清香，因為它的真實身份和名字是生長在水邊的箬竹葉。包裹着糯米的米香，紅棗的甜香，

氤氳成一種芬芳香甜的氣味。

這樣還不夠，黑妮姨總是擺上兩個小碟子，一個小碟子裏面放着白糖，最高級別的是那種綿白糖，細得像粉末，又軟得像棉花。用粽子蘸一下，綿白糖總是一下就融進了粽米，和粽子的味道水乳交融的融合在一起，而不像普通白糖總是有顆粒的感覺。

另外一個小碟子，放着一點兒蜂蜜，裏面細碎地點綴着幾朵桂花。

但是一般有綿白糖我就很滿意了，因為綿白糖比蜂蜜更甜。對於小孩子來說，還不懂得營養和價值的區別，而總是天然喜歡更甜蜜的東西。

年復一年，我都是吃的紅棗粽子，我們家和鄰居家包的粽子也都是紅棗粽子，所以當我某一天在書本上看到南方還有肥肉鹹蛋黃粽子，那可真是駭然而笑。雖然説鹹蛋黃還是我很喜歡吃的，可是我實在想像不出來鹹蛋黃和肥肉怎麼跟粽子結合在一起？肥肉粽子，剝開來，是不是滿碟子流油？那甚麼味兒啊？那還能蘸綿白糖嗎？

可是我小時候活動的天地實在是太狹窄了，除了學校和家就是家門口的小集市，哪裏也沒有去過，更不要説去遙遠的南方見識甚麼肥肉鹹蛋黃粽子。

那時候我覺得家門口的小集市都非常了不起。這兩三條小街幾乎甚麼都有。各種小吃，鍋盔、燒餅、煎包、粽糕、油餅、油條、烙饃、菜饃、豆腐腦、胡辣湯、燴麵……肉食有牛肉豬肉羊肉，還有人家趕集來賣的活蹦亂跳的走地雞，偶爾還會有鴿子和野兔子。每天還會有鯽魚鯉魚草魚黑魚，河裏撈上來的小河蝦，小雜魚，有時候還會有螺螄和螃蟹，

過年的時候還會有帶魚。更不用説琳琅滿目的蔬菜了：雪白雪白的豆腐，胖乎乎的黃豆芽，白生生的綠豆芽，碧綠的韭菜，油紫的茄子，火紅的蕃茄，空心菜，芹菜，梅豆角，黃心兒菜，蘿蔔纓，雪裏紅，偶爾還有時令的香椿和槐花。

沒有人高聲叫賣，因為左鄰右舍可能賣的都是同樣的東西，所以擺的攤子上誰好誰壞，一目了然，用不着大聲吆喝。

小時候有些時跟着奶奶去買菜，五光十色，應接不暇，胸中油然而生闊朗而喜悦之情，所以我特別同情式地理解清朝為甚麼要閉關鎖國，因為我對這兩三條小街都熙然安樂，所以那清朝的皇帝可能更感覺到「萬物皆備於我」，無需外求。

也特別心酸式地理解老舍《四世同堂》裏面祁老太爺認為日本兵打來的時候，只要家裏囤足夠三個月的糧食與鹹菜，把大門一插，然後就可以度過兵燹。

《紅樓夢》第三十一回，晴雯襲人寶玉吵了嘴，只見林黛玉進來，林黛玉笑道：「大節下怎麼好好的哭起來？難道是為爭粽子吃爭惱了不成？」寶玉和襲人嗤的一笑。黛玉道：「二哥哥不告訴我，我問你就知道了。」一面説，一面拍着襲人的肩，笑道：「好嫂子，你告訴我。必定是你兩個拌了嘴了。告訴妹妹，替你們和勸和勸。」襲人推他道：「林姑娘你鬧甚麼？我們一個丫頭，姑娘只是混説。」黛玉笑道：「你説你是丫頭，我只拿你當嫂子待。」

也明白了林黛玉借吃粽子為吵架的寶玉晴雯襲人解圍，圍是解了，問題解決了沒有？何況襲人和寶玉的事兒本是怕人知道的，林黛玉這圍解的，好心反給她自己招禍了 —— 我們會這麼想這麼做，因為我們都對外面的世界一無所知啊！

後來我終於來到了外面的世界，不但看到了有肥肉鹹蛋黃粽子，還有各種各樣想都想不到的粽子 —— 肉粽子、蠔乾小鮑魚粽子、辣粽子……以及各種各樣形狀的粽子 —— 長方形的，四角形的，牛角形的……

《莊子》中提到，秋天的洪水隨着季節漲起來了，千百條江河注入黃河，水流巨大，兩岸的水邊、洲島之間，不能辨別牛馬，於是乎黃河神河伯自己十分欣喜，以為天下的美景全集中在自己這裏了。順着流水往東走，到了渤海，臉朝東望去，看不到水邊，於是乎河伯才收起了欣喜的臉色，明白了「望洋興嘆」的道理。

瞭解得愈多，才愈能打破狹隘與固化。現在如果我還以為天底下只有一種粽子，那無疑是大笑話，然而我們對人對事呢？博觀，謹慎，永遠以「天下可不是只有一種粽子」自警自勵吧！

豆芽的一堂哲學課

　　素雅上次來找我玩的時候，我買了很多菜，其中有一種是豆芽，素雅卻說這豆芽不能吃。我很意外，這豆芽又白又胖又整齊，怎麼不能吃呢？

　　素雅說這是無根豆芽，是別人用「無根劑」浸泡出來的。無根豆芽在生產過程中除大量使用無根劑、防腐劑、增粗劑粉等化學原料外，還用上了漂白粉、保鮮粉等有毒化工原料。如果長期食用，對人體是有害的。

　　這兩天我偶然想到了她的話，就拿出了一些綠豆做個實驗。每天遮光淋水，過了三天打開遮光布一看，滿滿一盒。

　　可能豆子放多了，居然有萬舸競流之勢。但是為甚麼這麼多根？看起來醜醜的。而且要把這麼多根摘掉，多麻煩，那炒一盤菜多花時間啊，難怪無根豆芽當道。

　　天然豆芽幼細，大小不均，而且我一不小心發成豆苗了，不過沒關係，它們一定是最脆嫩的豆苗。我用陶淵明的詩自我安慰道：

> 種豆南山下，草盛豆苗稀。
> 晨興理荒穢，帶月荷鋤歸。

無根豆芽雖美貌，卻對人體有害；天然豆芽雖然對人體有益，卻長得不夠好看。張岱《陶庵夢憶》說：「人無癖不可與交，以其無深情也；人無疵不可與交，以其無真氣也。」《紅樓夢》說：「真正美人方有一陋處」，我今方才信了。

但是最叫我最感慨的是，天然豆芽又分兩種，一種很高佻，莖長得很長；另一種卻極矮，根系很發達。我一開始非常奇怪，為甚麼同一批放下去的種子，溫度濕度都一樣，結果卻截然不同呢？經過仔細觀察，我認為前者是很快就在盒底的縫隙中紮了根，所以它把養分全心用於向上生長；但是後者可能一直沒有找到合適紮根的地方，所以它的根系拼命往四面八方螺旋式尋覓，所以來不及長高。

人生啊，要趕緊找準自己的定位。時間可是從來不等人！

低情商胡蘿蔔

不像市場上滿街都是的那種光溜溜紅通通長得也差不多的胡蘿蔔，它有大有小，帶點小白鬚鬚，還稚氣地頂着幾根青翠欲滴沒長開的小葉子 —— 是的，它就是傳說中的低情商胡蘿蔔。

其他那些高情商胡蘿蔔已經笑話它很多次了：它應該趕緊去掉那些有礙觀瞻的小白鬚鬚，尤其那可笑的綠葉子，甚至可以像她們那樣浸泡些高錳酸鉀讓外表更紅更美。

低情商胡蘿蔔呆呆地聽着，它知道多噴農藥和激素就可以像她們那樣形體圓直、表皮光滑、色澤橙紅、不開叉、無鬚根，可是它並不是這樣生長出來的。低情商胡蘿蔔終於很膽怯地小聲說：「可是我是一種很好吃的胡蘿蔔。」

為了從鬆軟的土地裏汲取甘泉努力地長得水分充盈又甜美爽脆，它長出了這些小小的白色鬚根；為了向麗日微笑和對輕風招手把溫暖與和煦儲存進去，它長出了這些嫩嫩的綠色葉子。可是賣的最快都是那些外表光鮮價錢便宜即使吃起

來淡而無味的高情商胡蘿蔔。

　　低情商胡蘿蔔偷偷地哭了很久，非不能也，是不為也，它不明白為甚麼在傳統社會裏被稱為心機和城府的東西，到了現代社會包裝成情商搖身一變，成為時代和個人競相追逐的成功標誌。

　　後來，在跨國的超市中，低情商胡蘿蔔賣出了比高情商胡蘿蔔高出數倍的價錢。可是低情商胡蘿蔔並不看重這些，它還是希望，哪怕是在田野阡陌邂逅的一剎那，你就能夠認出它是一種很好吃的胡蘿蔔，而無需等到這個世界對它高昂其值的時候。所謂的好，不過是一種全心全意的樸拙的真。

哥倫比亞大學的下午茶

　　來哥倫比亞大學的第一個學期，好多課都排在下午 2 點 10 分到 4 點。以前下了課，或是去圖書館，或是回宿舍。有一次課後，一個臺灣的同學邀請說：「去吃小甜餅吧。」我以為是去咖啡館或者甚麼地方，沒想到進了哲學樓的一個大房間 —— 是學校免費提供給學生的下午茶和甜點。

　　雖說是免費，可是一點也不馬虎。首先，空間非常大，估計在裏面開舞會都一點也不擁擠。許多扇拱形的大窗戶，草坪、松樹和思想者雕像盡收眼底。天花板很高，給人非常寬敞、舒適的空間感。吊着數盞枝形的插燭大吊燈，只不過不是真正的蠟燭，而是象牙白的蠟燭形電燈，大小、形狀都和真正的蠟燭難分彼此，燈光也刻意設計成昏黃色，追求一種逼真的效果。

　　這個下午茶室的門開在中間，進得門去，左手是一張大的轉角桌子，桌上放着一台電腦，電腦後坐着一位老先生 —— 他就是負責每天提供茶水和點心的工作人員。右手

一面靠牆放着幾台液晶電腦和一台打印機，學生可以自由地列印或上網。另一面牆開着大窗戶，景色最好，窗子兩邊掛着長條形的裝飾畫，窗下擺着桌椅，學生可以坐着自由討論。第三面牆也有窗戶，不過對着的是建築，窗下擺着兩架鋼琴，它們不是直立式鋼琴 (upright piano)，而是三角平台式 (grand piano) —— 是供音樂系學生課餘練習用琴。這兩台三角鋼琴每台都有 2.7 米長，但是還不過佔了牆壁的一角。窗邊掛着正方形的日本浮世繪，畫下有兩個大書架，不過書架是空的。有一些報紙可供學生選看。第四面牆也有一扇大窗，窗外的建築是學生活動中心，窗子左邊也是一幅長條形的裝飾畫，右邊立着一個胡桃色的大櫃子，沒見打開過，不知道裏面是甚麼「寶貝」。窗下一張長條形的桌子，鋪着雪白的桌布，就是下午茶點的領地了。每到快 3 點的時候，電腦後的老先生就會站起來，沿着牆壁走到一個開着的小套間裏 —— 下午茶點就閃亮登場了。

之所以説它閃亮登場，是因為那個茶壺是黃銅色，擦得鋥光瓦亮的。老先生把一大袋袋裝紅茶放到茶壺裏面，沖上熱水，蓋上蓋子。茶壺右邊放着三摞淡黃色即用即棄紙杯。茶壺的左邊依次排列着盒裝牛奶；一個淡藍色半透明的小盆子，裏面裝着小袋白糖；明黃色檸檬形狀的小瓶子，蓋着深綠色小蓋子 —— 裏面是檸檬汁。如果用杯子只接一杯茶，那是 black tea。如果在茶裏加牛奶和白糖，就是紅茶；如果在茶裏加檸檬汁，就成了檸檬茶。有一次我創造性地加了牛奶又加了檸檬汁 —— 味道有點奇怪。而且從科學上説，檸檬酸遇到牛奶中的蛋白質，就會使蛋白質變性，從而降低蛋白質的營養價值，所以後來者還是免試為妙。

檸檬汁小瓶的左邊是一個打開的小盒子，裏面放着紅色的塑膠吸管和即棄紙杯的塑膠蓋子，有的男生拿吸管把杯子裏的牛奶、糖和茶攪勻，然後就把吸管丟到垃圾箱裏去了。有的女生塗着口紅，就用吸管喝，可以最大程度地避免把妝容弄花。塑膠蓋子有甚麼用呢？因為有的學生可能沒時間坐下來喝茶，因此，可以匆匆地接一杯茶，蓋上蓋子拿走，有了蓋子，走路的時候就不用擔心動作幅度大，茶會灑出來。

　　吸管和杯蓋的左邊，放着一個圓形的藤編盤子，盤子裏面放着四種甜點。有小方形酥皮夾餡點心，裏面的餡是草莓或者藍莓。也有中間夾着白色奶油的黑色巧克力餅乾。

　　但是我想說的真的是下午茶麼？不是的。

　　大家都知道，美國最出名的基本上都是私立大學，哈佛、耶魯等等莫不如是。私立大學運轉的資金，有很大一部分來自於校友捐助。而這些大學出身的學生，在日後何以如此心甘情願慷慨解囊？我想這下午茶也可見一斑。它為學生提供了休息放鬆的場所，也讓不同學系的學生有了思想交流碰撞的機會。低調卻不失高雅、莊嚴，免費而充滿敬意、尊重。是的，它堅信它的學子都是未來的精英，所以要在他們羽翼未豐之時以敬以誠。所以，那些成名成家的校友，也一定會「投我以木桃，報之以瓊瑤」。這些，也許可以給我們的高校一點借鑒，我們常常不屑於對學生這般「好」，因為本校臥虎藏龍、人才濟濟，例來都是學生求我，哪有我反去就他？甚至學生辦事之時行政方面每每誤事、刁難，然後訝然為何成名校友不回饋母校？

　　親愛的朋友，你有沒有識英雄於微時？

陳慈黌故居的文化糖蔥

我今天到了陳慈黌故居。

參觀完了整個故居，已經準備要離開了，我轉念一想，不妨買一包當地的小吃，於是我回去故居裏面的一個小店，特產真是琳琅滿目，挑選了半天，選了一包糖蔥。名為糖蔥，據説裏面沒有蔥，而且是潮汕名產，是上過汕頭電視台的。

剛好中午還沒有吃飯，於是我就坐在他們天井的小石桌前，打開糖蔥包準備吃。首先看到裏面有一個大包和九個小包。我想那個大包我一定吃不完，於是就把大包放在一邊，拿出了一個小包撕開，正準備要吃。

那個賣糖蔥的老闆一聲斷喝：「不能那麼吃！」把我弄愣了。只見他回屋端出了一隻上面繪有兩隻仙鶴的碟子，碟子上還放了新鮮的薄荷葉，還有一盒即用即棄手套。他讓我把那個大包撕開，原來裏面是九張薄餅，而那九小包裏面裝的是酥糖，那酥糖做成像雪白的蔥管，這就是糖蔥的來

歷吧？要用手套把薄餅攤開，把酥糖放到上面，再放上兩片薄荷葉卷起來，這樣才可以吃。這薄荷葉的清香會中和糖蔥的甜蜜並增添風味。而且他還泡了功夫茶，因為這糖蔥是茶點，所以要配茶喝。

當時我又是吃驚又是笑。這老闆也太不會做生意了，因為我買了一包糖蔥才 20 塊，這功夫茶我見過別家小店的價格，一壺是 60 塊。（後來我才看到，他泡的是鴨屎香，也就是據說單樅裏面最好的那種）。就算不說這茶的價格問題。單是我不過買他一包糖蔥，他還要拿出即棄手套，搭配薄荷葉和繪有仙鶴的碟子，真是一個好有要求的人呀！

不愧是名商巨賈故居的生意人，這生意真是做得清新脫俗！這是把生意當成一張文化名片來經營。祝願林老闆愈做愈好！

陳慈黌故居

潮汕名產 —— 糖蔥

繪有兩隻仙鶴的碟子上，伴著新鮮的薄荷葉，這樣吃糖蔥才是最滋味

第四章 影視評論

2899 元一顆的茶葉蛋和《延禧攻略》

這兩天，無錫太悦度假酒店公開銷售的一顆 2899 的網紅茶葉蛋刷了屏。

「精選桐木關絕品金駿眉泡制，海拔 1140 米農家散養土雞蛋，江湖上傳說的牛欄坑肉桂，精選果碳、潮州紅泥炭爐，冬蟲夏草、鐵皮石斛等八味秘制配料，經過 24 小時文火慢煨，12 小時靜置而成的 —— 無錫殿堂級茶葉蛋，2899 元每顆且限量供應。」

一顆 2899 元？嚇傻了的網友們紛紛酸道：「貧窮限制了我的想像力」。但是，打住，您真以為他是賣這個茶葉蛋的嗎？

在揭開謎底之前。我們來看一下近日大紅的《延禧攻略》。裏面這個小女子魏瓔珞，可是不容小覰。她最屬害的，不是美貌，而是特別善於借勢。

舉兩個例子。

第一個例子，當初魏瓔珞只是圓明園的一個小宮女，想

要討太后的歡心。可是她一介最下等的小宮女，要錢沒錢，要資源沒資源，拿甚麼討太后的歡心？她居然能想到，在太后萬壽節放生的時候，托人在水底下安十幾隻蒙上紗布的空心竹筒，裏面放上魚食，魚食緩慢地透過紗布浮上來，引得太后放生的魚回過頭來搶食，就在水面上排成一個「壽」字，使得太后鳳顏大悅。魏瓔珞自己沒花一分錢，連放生的魚也是人家皇宮裏的，但是呢，最後這個好全歸了魏瓔珞了。

第二個例子，乾隆皇帝事母至孝，純妃也想通過討好太后博得聖寵，知道太后嚮往江南美景，但自己無法出宮欣賞，所以特別秘密準備了三個月，在皇宮裏搭建了一條蘇州街，設攤點無數，又命宮女太監扮成平民往來購物。沒有想到魏瓔珞卻扮成一個賣酒女，結果把皇上和太后的注意力全吸引到她自己的身上。純妃精心籌備了三個月，還倒貼了不少錢，搭了臺子魏瓔珞卻拿去唱了戲。

意不意外？屬不屬害？

這跟這顆昂貴的茶葉蛋有甚麼關係？

2011 年臺灣一檔綜藝節目，臺灣教授高志斌說茶葉蛋這種東西，很多大陸人消費不起。「大陸人吃不起茶葉蛋」這個梗一下火遍了全中國。所以，這顆 2899 的茶葉蛋是借這個勢。

這茶葉蛋 2899 一顆，他只限量 100 顆，他真的想賣茶葉蛋？不是的，他們這家賣茶葉蛋的酒店是不是一下舉世聞名？

所以，不要說這茶葉蛋的成本就幾毛錢，就算他真的是拿冬蟲夏草鐵皮石斛金駿眉泡出來的，100 顆也不過三十萬，一個舉世聞名的酒店廣告只花三十萬，高！

《延禧攻略》劇照

你家是有皇位要繼承？
——《延禧攻略》的先進性

最近，關於《延禧攻略》多麼重視物質文化遺產的帖子刷屏，大家紛紛羅列它的配色、刺繡、絨花、緙絲何等精美絕倫。但我覺得，它的思想的先進性既尚未被人發現，比那些物質也更加重要。

《延禧攻略》中，富察皇后為了滿足乾隆皇帝一直以來希冀的以嫡子承繼大統，不顧自己的身體情況，冒死強行懷孕。

生產之時又險象環生，嬰兒難產，兩腳先下；皇后大出血，險些送命。

然而皇后生下嫡子，明玉見魏瓔珞並不開心，不由問道：「你怎麼一點兒都不高興呢？」

「有甚麼可高興的？」魏瓔珞意興闌珊道：「娘娘為了生七阿哥，險些血崩而亡，太醫都說會有損元壽……」

明玉有些奇怪的看着她：「可身為后妃，有了子嗣才能屹立不倒！別說後宮妃嬪，天下女子亦然！」

「若沒了性命，縱有潑天的權勢富貴，又有甚麼用處？」魏瓔珞沉聲道。

「可、可娘娘不看重權勢地位，只得了七阿哥，便心滿意足了！」明玉雖然還在嘴硬，氣勢卻已經弱了許多。

「女人也是人，不論到了甚麼時候，自己的性命才最要緊。」魏瓔珞笑道，「娘娘福大命大撐過去了，若撐不下來，留下一個沒娘的孩子，能在紫禁城好好活下去嗎？那些為了生孩子不要命的，都是傻瓜。」

能有這樣的橋段和台詞，使我對《延禧攻略》簡直肅然起敬。

我認為，它回應的是 2015 年中科院女博士拼死生子而亡的事件。

2015 年 12 月 28 日，妊娠 26 周的中科院科技骨幹楊冰女士入院治療，突發呼吸心跳驟停，經多科室聯合搶救無效死亡。有消息稱，楊冰女士五年內四次懷孕，一次早產，一次胎停，一次宮外孕，最後一次母子雙亡。楊冰女士第一次懷孕就罹患重度子癇，那是要命的病，醫生明確告知不能再懷孕了，但醫生的建議不能勸阻這個女子肩負的懷孕使命。楊冰女士的丈夫說的非常清楚，他們這些年來一直「奔波在漫長的求子路上」。看看她婆家的生育歷史就知道 —— 她丈夫上面，有三個姐姐。她丈夫寫求助信裏，深情款款地呼喚道：「你走了，誰來每天給我做早飯……」

這次楊冰女士在妊娠 26 周時，因高血壓合併子癇前期住院，除此之外，她還有膽囊結石等症狀。她丈夫還自述，她在醫院重病，痛得死去活來，連打了十一個電話，他居然都沒接到，直到她打了家裏座機，他才醒來趕去醫院。

生育，是人生中繁衍的大事，也是喜事。然而，罔顧母體的生命，以舍母保子的方式追求傳宗接代，是合理的麼？

只要這種現象還存在，我們豈不是還生活在大清？

為了子嗣不顧母體死活，你家是有皇位要繼承？即使真有皇位要繼承，魏瓔珞這樣的一介小宮女也能說出「女人也是人，不論到了甚麼時候，自己的性命才最要緊」的擲地有聲的言辭。

一部清宮戲《延禧攻略》能有這樣重視女性生命的見識，遠遠超越了宮鬥劇格局！

《延禧攻略》秦嵐飾富察皇后

《延禧攻略》中的絨花和《紅樓夢》宮花是一種花嗎？

《延禧攻略》中的絨花和《紅樓夢》宮花是一種花嗎？

當然不是！

雖然因為《延禧攻略》大紅，連帶服飾都成為熱點，但是《延禧攻略》中的絨花和《紅樓夢》宮花不可等同。

《延禧攻略》的用花是絨花，主要材料是蠶絲，質地有毛絨絨的感覺，與真花相比尚有一段差距。

流行於乾隆一朝，真正能做到以假亂真的是揚州的通草花。

通草花是用通草（通脫木）製作的假花。揚州通草花的製作可以追溯到清朝初期，據《揚州畫舫錄》記述，在乾隆年間，揚州通草花就已經是朝廷的貢品，民間流傳也很廣泛，當時婦女頭上插的花很多都是通草花。

通草花的製作方法是將通草的內莖趁濕時取出，截成

段，理直曬乾，切成紙片狀，紋理細軟，可塑性強。經民間藝人染色加工而成的通草花，質地柔和，色調秀雅，可與真花媲美。

1959年人民大會堂落成時，戴春富和姐夫錢宏才合作的十盆揚州通草花盆景被選中擺在大會堂陳列。因為造型質感太逼真，竟然有服務員給他們製作的假花澆水。

但是無論是南京絨花，還是揚州通草花，似乎和《紅樓夢》裏都還有些差異。因為第七回〈送宮花賈璉戲熙鳳〉裏非常明確地指出：它是堆紗花。也就是質地非絨非草，而是紗！

薛姨媽道：「把匣子裏的花兒拿來。」香菱答應了，向那邊捧了個小錦匣來。薛姨媽道：「這是宮裏頭的新鮮樣法，拿紗堆的花兒十二支。」

只有紗才能做到輕柔薄透！

紗，是我國古代絲綢中出現得最早的一種，它是由單經單緯絲交織而成的一種方孔平紋織物，密度稀疏，孔眼充滿織物的表面，因而質地輕薄，古人形容「輕紗薄如空」、「舉之若無」。

這件長沙馬王堆出土的「素紗襌衣」如果除去袖口和領口較重的邊緣，重量只有25克左右，折疊後甚至可以放入火柴盒中。

因此，《紅樓夢》中的宮花應該縹緲如霧般輕盈、晶瑩如水般剔透，方為得體。

當然，張老師也找不到《紅樓夢》裏描寫的堆紗花，但是和絨相比，紗、絹更近，因此故宮博物院的絹花與堆紗花庶幾近之！

最後，再送給大家一個美麗的故事：

簪花不是女子的特權，《夢溪筆談補錄》《後山談叢》《清波雜誌》都記錄了相同一件事，即「四相簪花」。

慶歷年間，韓琦以資政殿學士的身份知揚州，他的官邸後花園中有一株芍藥，此為可遇而不可求的奇異之花，花分四岔，每岔上面花開一朵，這花開得甚是蹺蹊，上下紅，中間有一道黃色的花蕊。後人稱之為「金纏腰」，是馳名天下的名貴花種。單看這花名，它就透着喜慶、吉祥。韓琦看着這四朵花愈看愈喜歡，於是就辦了個宴會，約四名賓客賞花以應四花之祥瑞。移步至中堂時，四人各剪一花，簪於頭上。更為奇異的是，此後三十年間，此四人相繼為相，位極人臣。這就是後代文人墨客極盡渲染的「四相簪花」故事。

所以您看，花不僅能夠清供賞玩，還能帶來好運呢。祝賀大家頭上簪花步步高！

清末·李墅《四相簪花圖扇》

《我不是藥神》，奧斯卡欠徐崢和王傳君兩座小金人！

應該給徐崢頒一個最佳男主，不是金雞、百花和金馬，我的意思是，奧斯卡。

這部戲，他配得上。

這部戲一掃徐崢在囧途之二之三的頹勢，王寶強的那個印度元素片《大鬧天竺》也遠遠無法跟徐崢的這部電影抗衡，在王寶強的《大鬧天竺》裏的一些印度場景只是為了體現異域風情，但是徐崢的《我不是藥神》裏面出現的印度場景是有深刻寓意的。

徐崢為了挽救病友呂受益的命，決心再次去印度幫他搞特效藥，拿到藥出門時剛好看到街上正在過神像。

他見到了兩座神像，一個是大黑天，另一個是迦梨女神。這兩個神像的出現是與《我不是藥神》高度契合的。

在印度教中，大黑天（梵語：Mahākāla）通常被認為

是濕婆神（迦梨女神的丈夫）的第八個化身，在印度教徒中享有崇高的聲望。當他以世界毀滅者形態出現時，稱為瑪哈嘎拉。他手中那碗血即是我與貪的意思，飲食「五蘊、煩惱、死亡、天魔」等「四魔」之血。

請注意，在印度教中，「大黑天」同時是「醫藥」和「財富」之神！

這和台詞是高度吻合的——「藥就是命」、「命就是錢」！

他見到的第二座神像是迦梨女神。

迦梨女神的由來是這樣的：傳説有一天，三界中出現了一個法力強大的惡魔。這隻惡魔法力高強，它每滴一滴血在地上，地上就會出現一千隻和他一樣厲害的化身去遺禍人間。三大神之一濕婆神的妻子——雪山神女帕爾瓦蒂得知消息後大怒，就化身迦梨女神去消滅這頭惡魔。迦梨女神恐怕這頭惡魔會在決鬥的時候把自己的血滴在地上，使其出現一千隻法力同樣高強的惡魔化身，就先把它的血吸乾，一滴不剩。後來，迦梨終把這惡魔消滅，可是卻因為過於憤怒而不能自制，她的雙腳不由自主地大力踐踏土地，令三界眾生的生活都受到影響。她的丈夫——濕婆為減輕眾生的苦痛，就躺在迦梨的腳下，任其踐踏以洩恨。這也是在印度教畫像或雕塑中，濕婆總是躺在迦梨腳下的原因。

不消多説，我們會立即領悟到，影片中這個惡魔就是「白血病」！即使是迦梨女神這樣的神祇，要想獲勝也要與之殊死搏鬥。白血病人與病魔的殊死搏鬥的過程中，他（她）身邊眾人也都會受到影響。這都反襯了白血病魔是何等的恐怖無情。

而且《我不是藥神》裏的那個迦梨女神手裏有刀，並且另一隻手上提着一隻割下來的頭顱。

　　徐崢看到那個迦梨女神的時候，眼神很迷茫和絕望，因為那是很不吉利的，果然他回去的時候，他的那個病友呂受益已經死了。

　　不光是不吉利，也許是徐崢聯想到，這個世界是對那些病友是何等無情！

　　我想這也構成了徐崢的轉變，從印度回來之後，他的轉變不光是那個病友呂受益的死，也有那些神像對他的衝擊。

　　所以這才是《我不是藥神》海報的真正含義。迦梨女神手裏拿着一粒藥，那藥就是救命的。但是環繞着她的，是徐崢和一眾病友，隱喻我們所有人終將被死亡收割，所以我們要活出意義！

　　不過同時，在印度教中，迦梨女神也代表着重生。死亡與重生，而電影講述的毀滅和拯救正與程勇所處的境遇暗合。

　　另外，王傳君應該得奧斯卡最佳男配。

　　他在《藥神》中其他炸裂式演技別人都談過了，我說的是這兩處——

　　第一，凌晨的病房中，王傳君輕手輕腳地從病牀上掙扎起來，他佝僂着肩，壓垮他的，是病，還有錢！那看不見的萬鈞重擔把他壓彎了。由於斷了特效藥，他的白血病急變了。他現在形銷骨立，斑禿稀疏，口唇乾裂，創口血肉模糊。現在就是徐崢給他帶回來特效藥，也無濟於事了。醫生說現在要救他只能強上骨髓移植，但是現在這身體條件一看就知道於事無補，而且醫生沒説而大家也心知肚明的是，

這骨髓移植絕對會讓他們家傾家蕩產、債台高築。但是王傳君的妻子沒有一點猶豫和思索就答應了，所以王傳君才會自殺。

他臨死之前特別留戀地看了看為了省錢睡在病牀地下，摟着孩子睡得正香的他的老婆，他的兒子。

他特別想活，他給徐崢說過，他剛查出這個病天天想死，一見到他剛出生的兒子就不想死了，想活着，還想活到他的兒子娶妻生子。可是現在他必須去死，因為上了這個骨髓移植，不但他可能是死在手術台上或者僅僅是續命很短時間，但是同時母子兩人的未來生活就毀了，沒了房子沒了錢，還欠了無底洞的債，他的兒子將來很可能學都上不起，窮一輩子，苦一輩子。他不能這麼做，為了多活幾天拖累娘倆一輩子！所以他必須死！

他扭頭看了看病房牆上的鐘，那是他人生終結的時刻。但他看了看熟睡的母子倆，咧開嘴笑了。真好！不拖累你們了！好好活着！

第二是，當押着徐崢的囚車緩緩經過的時候，徐崢看到路兩旁十里長街送行的病友，尤其是在最後他看到了已死的小黃毛和王傳君，來自天堂的送別。最後，王傳君摘下了口罩，露出了一個怯弱的、卑微的笑容。他受了那麼多罪，捱了那麼多痛，卻從來沒有抱怨過社會的不公，朋友的不義，他只是沉默着，沉默着，被人看到了，也不過是給出一個怯弱的、彷彿生怕打擾了誰的，苦笑。

在那一刻，王傳君變成了我們，千千萬萬個生如微塵的、卑微生活着的我們！

淚目！

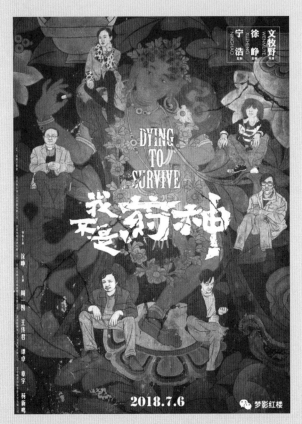

《我不是藥神》電影海報

重啟人生

看了一個 2018 年的新日劇，頗讓人感慨，片子的名字叫做《重啟人生》。

原本和男友即將結婚的鯰美慘遭分手。

毛利有一個想用錢控制他的富二代女友，把他當狗一樣對待。

坪井沒有考上東京大學。

天童先生的獨生子因為車禍死亡。

……

「如果當時沒有那樣做，就一定不會走到現在這步田地！」

幾個人懷抱着各種願望選擇重啟人生，回到十個月前。

鯰美如願返到十個月前接受男友求婚，以為愛情自此順順利利的時候偏偏發現男友其實一腳踏兩船，娶她的目的只是因為她單純好騙方便他在外面找女人。

毛利回到過去只想擺脫麻煩女友，誰知激怒女友要血腥

報復他身邊的所有人……

坪井考上了東京大學，卻變成了一個專門用名校身份誘騙女生再把不雅照片擺上網的變態。

天童先生的獨生子躲過了車禍，可是另一個無辜的小男孩死了。

……

這跟很多年前美國的一個電影《蝴蝶效應》不是很相似麼？

我們常常覺得，如果能回到過去，如果能重新選擇，那該多好呀。

可是，可能只有兩種可能，第一回到過去，你還是會重複以前的選擇。因為以前的那個選擇就是在各種因素的合力下所能找到的最佳選項。回到過去的我們只是認知比以前有所提高，但是種種的環境朋友等等形成的合力之下，依然還是之前那個選項成為最佳。

第二回到了過去修改了人生，但是因為我們干擾了宇宙能量，所以我們的新選擇可能導致我們比現在更加糟糕。

所以，學會跟過去好好地道別吧。以前真心實意，未來今生不悔！這樣，回首往事，一定會笑着說，我真的，認真地選擇過了，努力地生活過了，我沒有辜負我的人生！

不要成為壓垮自己的「肉山」

看美劇《整容室》，一開始我以為這是個破案片，因為醫生被緊急召去，警察和消防員如臨大敵地圍着屋子，而且要求凡是進入者都必須帶上口罩和薄荷腦。

所以當肖恩醫生進入屋子，旁白還有「隔着三個房間都能聞見味道」，鏡頭又一排排掃過擺着精緻小瓷器的架子，我還在辨認和猜疑，莫非上面濺上了血跡？

老式的電視機還在無意識地重複着節目，肖恩醫生走到沙發前──

不是兇殺案！

是一個超級大肥婆陷坐在沙發裏。她的面孔還是親切風趣的，像一個在路上隨時可以碰到的和善的大媽；但是她的身體，肥肉泛濫得簡直失去了人形，全身只勉強套着一件罩衫，臃腫的腿粗得像大象。

一個警察竭力克制，但是還是無法掩蓋抑制不住的嫌惡：「打了 911，說是心臟病，可是根本不是，是皮膚病，所

以找你來，肖恩醫生。」

肖恩醫生很驚訝為甚麼不先送醫院。警察示意他檢查一下，當肖恩醫生揭開罩衫的一角 —— 所有她沒有穿衣服的地方都血肉模糊地和沙發黏在了一起！

她的丈夫已經幾個星期沒來看她了。無法移動的她坐在自己的排泄物上，濕氣，細菌，感染……最終變成了這個樣子。

非常讓人難受的是，如果不看她的身體，只是看她的態度和談吐，她恍然還是一個親切和善的大媽，當肖恩醫生詢問她的名字時，她還微笑着說：「叫我『媽媽』，大家都叫我『媽媽』。」使人模糊地感覺似乎她有過的被孩子們環繞過的好時光。當肖恩醫生認為家裏無法做手術決定要立即連她帶沙發一起送去醫院時，她還很羞愧地哭了，不是怕死，而是怕鄰居看見丟臉。看到這裏你會覺得五味雜陳不是滋味，為甚麼一個曾經很有自尊的女人會放任自己變成這個樣子？

當她和沙發一起被人抬上拖車的時候，她又哭了，因為平時都是很愛她的丈夫不在身邊，如果沒有他在身邊握着她的手，她不要去醫院。肖恩醫生問她丈夫在哪？「媽媽」說也不知道，以前他每個星期會來，幫她領殘障補助金，給她買夠一個星期的食物，還訂了電視頻道可以讓她天天看，只是最近幾個星期突然不來了。為了安撫，肖恩醫生握着她的手隨車進了醫院。但是我們會心裏冒出一個疑問，如果他們真的這麼相愛，甚麼樣的丈夫會把妻子變成這個樣子？

手術室中，「媽媽」簽署了手術同意書，麻醉師為「媽媽」選擇了半身麻醉，在麻醉生效之前，「媽媽」的丈夫趕到了醫院，但憤怒的肖恩醫生拒絕他進入手術室，因為這樣會讓

「媽媽」情緒激動。在肖恩醫生動手術的過程中，為了緩解「媽媽」的緊張，克裏斯提恩醫生握住她的手和她談話。

我必須指出，這一集的編劇是個天才。精妙的結構環環相扣，前文總是埋下了後文凌厲的伏筆。尤其是中間這一幕，他讓「媽媽」半麻而非全麻，理由很合理：「媽媽」這樣的坐姿無法插管，而實際上他的匠心是下身麻醉而意識清醒的「媽媽」才能夠講出她的故事。他在手術中讓克里斯提恩醫生握住「媽媽」的手而不是讓「媽媽」的丈夫，因為這時候「媽媽」和丈夫在一起大概只會哭泣和懊悔，而克里斯提恩醫生為了分散「媽媽」的注意力和她閒聊反而一步步逼近了謎底。

克里斯提恩醫生看到「媽媽」手上塗繪得非常漂亮的指甲，便讚美了一句，「媽媽」不好意思又驕傲地說：「我自己做的。我女兒常說，將來我病好了，可以在沙龍裏當美甲師。」

我們又一次驚駭：「媽媽」不但有丈夫，還有女兒，可是甚麼樣的女兒會任由自己的媽媽變成這樣？就算丈夫不管，女兒也不管了嗎？

克里斯提恩醫生也忍不住問女兒為甚麼不來看她。「媽媽」說不怪女兒，是她自己把女兒趕走的。大概三年前，她因為坐骨神經痛，醫生讓她躺坐在沙發上等恢復。剛開始女兒天天來，幫她清潔，跟她說話，讚美她，鼓勵她，但是一年前，她自己把女兒趕走了，因為她不願意女兒再看到自己這個樣子。

肖恩醫生忍不住問，三年了都沒好為甚麼不去醫院換個醫生看看。「媽媽」哭了，說自己已經無法走路了，這麼胖

出去太丟臉了。

「媽媽」還追憶起自己曾經是個最愛乾淨的女人，最好的廚房清潔劑是 496 清潔劑，以前她常常用這個最好的牌子清潔家裏，每天晚上，環顧四周，她都會在心裏想：「明天，明天就有力氣了，明天就會起來，用 496 清潔劑徹底把屋子好好打掃打掃⋯⋯」

克里斯提恩醫生充滿憐憫地接口道：「可是明天到了，『媽媽』，你又覺得精疲力盡是嗎？」

這時負責切割皮膚的肖恩醫生發現，由於細菌和感染，「媽媽」早就出現了敗血症和壞疽，而且已經危至四級直達骨頭。現在他的當務之急是截肢，這條腿已經完全無法保住，現在看看能否保住另一條腿。克裏斯提恩醫生和麻醉師都反對，因為手術已經進行了幾小時，現在的麻醉量根本撐不到截肢。

正在莫衷一是之時，「媽媽」的情況急轉直下，惡化昏死過去。兩位醫生匆忙準備電擊搶救，麻醉師過來說，不用了，她出示了手術同意書，在危險情況那一欄「媽媽」簽署的是「放棄搶救」！

當然我絕不是故意要講一個噁心的故事，我相信我的讀者絕不會膚淺這麼認為。

心理學上說，如果你的心靈被甚麼纏繞不去，那一定是它深深地觸動了你。所以這個故事，分享給我的讀者，實際上也是警醒我自己。

我們或許會說，算了吧，不過是個罕見病例肥皂劇，我們這輩子都不可能放縱自己變成一個一噸重的大胖子落到這樣悲慘的境地。可是講真，這個劇集說的是肥胖？是拖延

症！而且，我們自己沒有拖延症麼？

我們可能會責怪「媽媽」的丈夫和女兒怎麼這麼冷血讓她變成這個樣子。但是她的丈夫也在悲號：「你以為我不想讓她減重嗎？可是給她吃別的東西，她的反應就好像強迫她吃用大便做成的三文治。」而且她拒絕了丈夫讓她換一個醫生的提議，因為現在她太胖了無法出門。

她的女兒一開始天天看她，給她用水和海綿清潔，鼓勵她以後站起來後去做一個美甲師，但是一年前她把女兒趕走讓她永遠不要再來。

又是她，自己在手術同意書上簽的是——「放棄搶救」。

是她自己一步一步地放棄了自己！

她本來很愛美，臨死前手上還是自己做的美美的指甲，不想讓丈夫看到自己沒有化妝的樣子，夢想將來做一個美甲師；她曾經很愛乾淨，甚至有潔癖，要用最好的 496 廚房清潔劑來洗刷牆壁；她很開朗風趣，直到生命的最後還微笑着很有禮貌地和人說話；她甚至還很有自尊，自己的血肉都和沙發黏在一起，得了敗血症和壞疽已經危及生命了，還害怕求助害怕讓鄰居看見笑話。

她的丈夫愛她嗎？她的女兒愛她嗎？我們不妨看個名人的例子，蘇曼殊酷嗜甜食，他愛吃吳江土產麥芽糖餅，常人吃三四枚已夠，他能吃二十枚之多；他又嗜吃蘇州酥糖，一日可啖數十包；他還好食糖炒栗子，愛吃法國超甜糖果「摩爾登」，最終因腸胃病死於 1918 年 5 月 2 日，年僅 35 歲。蘇君為何早夭？據説原因之一，即他「佯狂玩世，嗜酒暴食，貪吃甜食，終於積疾而卒」。那個時候，不讓他吃糖是愛他呢，還是讓他吃糖是愛他呢？對有網癮，酗酒，超重等

問題的親人，甚麼樣的做法才是真的為他考慮呢？勿忘〈觸龍説趙太后〉「當為之計深遠」也！

反觀「媽媽」自己，當她最開始靠躺在沙發上的時候，她還是有機會的，有機會站起來，有機會換個醫生，有機會重新回到正常生活中去！可是一天天拖下去，夢想明天就會自動好轉，直到局面無法收拾，噬臍莫及。

我們沒有類似過嗎？沒有看完的書，想要完成的工作，預想去見的人，總是等啊等啊，可是夢想中的明天再也不會來了，拖來拖去，愈積愈重，直到最後壓垮自己。

明天會自動變好嗎？不會！除非我們今天努力！不拖延、不放棄！

勿忘舊時恩！

　　長今能做到三品堂上官，是的，是她無與倫比的才華，治好了太后、王后和王上的病；辨別出瘟疫和食物中毒的差別，避免了百姓的騷亂；在天花在京城蔓延之際，又是她找出了醫治的辦法……然而，更可貴的是中宗啊，若不是他，即使長今立下多少赫赫之功，也不過是一個籍籍無名之輩。

　　世先有伯樂，然後有千里馬。若無伯樂，是馬雖有千里之能，汗血鹽車，駢死櫪下，不得以千里稱也！

　　中宗對長今，是知遇之恩。在當年，在比中國更保守的朝鮮，一個男子當國的時代，能把一個醫女提升到三品堂上官，得面臨多大的阻力。一個帝王，大概從幼年起，就要修習馭下的平衡之術，即使他對手下某個男性官員表示了特別的偏愛，都會引起朝政不安或者動盪，更不要說他把一個女人提升到和男子同列的地位。

　　為塞天下悠悠之口，再加上他對長今本人的喜愛，所以他也考慮過聽從母后的意見，把長今收為後宮。然而中宗

可貴的是，即使他是萬乘之主，即使他要把長今正式收為後宮，他還是事先徵詢長今的意見。知道長今不願意，雖然他感到不悅甚至難過，他依然還是遵從了長今本人的意願。普天之下，莫非王土；率土之濱，莫非王臣，在君要臣死，臣都不得不死的情況下，他不以權勢強迫一個女人，真是讓人敬重。這和當今一些網絡的掌權人真是天壤之別！

大概也正因他不把長今收入後宮，他對她，變成了一種純粹的，才華上的欣賞和人生上的成就；對醫生的、對醫學的重視和尊重。

而更難以想像的是，他得了腸梗阻，藥石無靈唯有開刀一途之際，他竟然放棄！

因為中宗知道，在那個男尊女卑的年代，如果他讓醫女長今對龍體開刀醫治，治好了會被彈劾致死，治不好會被以無能處死。所以他選擇不醫，而在臨終之際讓內侍密送長今出宮去大明國避難。人誰不畏死？而一國之主，在生死關頭，能為一小小醫女，謀之如此深遠，真乃韓語所言是「江河一樣的厚恩」！實在令人感動！

如果我是編導，在漫長的歲月之後，長今恢復身份和王后、和昭媛、和養父母、和所有人團聚之際，在那個時刻，一定要加上一個鏡頭，是長今自己，或者和丈夫女兒一起，釃酒中宗墳前！

是啊，何以報德！

在長今的成長過程中，哪怕對她那麼嚴厲的養母、韓尚宮和首醫女，她也銘記她們對她的每一分恩情，滴水之恩，而思以湧泉相報，況中宗乎？！

人生自是有情癡，此恨不關風與月。

雖施恩者毋望報，而受恩者豈忘報也？！願生命中的每一分恩情，都被好好對待和回報。

《阿拉丁》：為甚麼「公主只能嫁給王子」？

在《阿拉丁》的最後，因為國家法律有一條「公主只能嫁給王子」，因此茉莉公主雖然非常喜歡阿拉丁的容貌和性格，仍然無法與之締結良緣，以致於精靈慫恿阿拉丁把第三個願望用於消除這條國家法律。然而，這條國家法律可不像有些人想的只是《阿拉丁》劇情發展中的障礙，是老套的橋段，而是具有歷史和現代性的雙重寓意。

劇中的蘇丹國家為甚麼要把這條奇了八怪的要求正兒八經地寫到國家律法裏面，實際上是照應了劇中幾條伏線的。一條是阿拉丁在車隊開道狂撒金幣的同時，依然不敢自信自己是王子；另一條是茉莉公主拿着地圖問阿拉丁的國家在哪裏。為甚麼茉莉公主、老蘇丹王、甚至精靈自己都不信阿拉丁是王子？阿拉丁的進城隊伍裏面不是有很多奴僕、很多舞娘、很多樂師、很多侏儒、很多孔雀來為他開道？阿拉丁的

禮物裏面不是有很多金駱駝和珠寶？阿拉丁甚至抓起金幣大把大把地撒向兩邊觀看的普通百姓，這不是比真王子還豪？為甚麼大家還疑心他是假王子？

當然是阿拉丁的談吐、舞姿和覲見的禮儀出賣了他的出身，但這不是最重要的，否則那個來向茉莉公主求婚的白痴安德烈王子，雖然被人嘲笑智商，但沒人懷疑他是王子。決定一個人是不是真王子的最重要因素，是他有沒有國土、人民和衛兵。

所以國土、人民和衛兵是錦；談吐、舞姿和覲見的禮儀不過是錦上添花的東西。沒有了錦，這些花也沒甚麼大的作用。

明白了這個，才能明白蘇丹律法寫上「公主必須嫁王子」的深刻含義。你看歷史上不要說蘇丹的這些小國家，就算是西方的那些大國英法德俄，天天都是打來打去，今天玫瑰戰爭，明天十字軍東征。所以，如果蘇丹王有個女兒，顯然她要嫁給一個王子，才能實現聯姻強強聯合的目的。假如說她嫁給了一個牧羊人，國家被攻擊的時候，難道讓她的牧羊人丈夫趕着一群羊來幫助老丈人？所以蘇丹王要一個王子女婿，一是在戰爭年代本國受到攻擊時有另一個國家作為幫手；二是在和平年代自己的女兒嫁了王子也能依然保持錦衣玉食的生活。所以不管是把女兒當成籌碼的壞爸爸，還是把女兒當成心頭肉的好爸爸，都希望女兒嫁個王子，所以「公主必須嫁王子」這個看起來很荒謬很野蠻的規定寫到國家律法裏面，是有着深刻考慮的，和我們中國很贊同的「父母之愛子，當為之計深遠也」是類似的，這就是公主必須嫁王子的深刻歷史性。

那麼它的現代性何在呢？在劇情的最後，蘇丹王創造性地把自己的女兒加冕為女蘇丹，她自己就有了修改國家律法的權利，就可以把這條去掉了；或者説去掉不去掉已經沒有甚麼意義了。因為國家律法規定的是「公主必須嫁王子」，但是女蘇丹是女王，女王的選擇權就比公主大多了。公主的依附性還比較大，作為一個甜心小公主，她需要父親保護、丈夫呵護、兒子擁護；但是女王是獨當一面的，女王不但有足夠能力自保，還有餘力去庇護他人。

　　蘇丹王是老謀深算的。一方面，從自私的角度，傳位給女兒而不是女婿，才能最大限度地保證自己的血脉在王國裏傳承。原因很簡單，廢了王后的國王不知道有多少，廢了王夫的女王那真是鳳毛麟角。萬一自己百年之後，當上新蘇丹王的女婿，把自己的女兒廢了可怎麼辦？所以還是傳位給自己的女兒最穩妥。另一方面，從無私的角度，茉莉公主比阿拉丁更適合成為一位君主。其實他們的寵物也代表了他們各自的個性，阿拉丁的寵物是一隻猴子，代表機靈；茉莉公主的寵物是一隻老虎，代表勇猛。山中無老虎，猴子稱大王，但是山中有老虎呢？

　　阿拉丁機靈，他能處處隨機應變，逃脱危險，甚至最後誘使邪惡首相賈方乖乖進了圈套，但是他外在缺禮儀，內在缺自信，最大的願望不過是娶公主，還是沒有脱離老婆孩子熱炕頭的小目標。茉莉公主勇猛，在父親被抓住、侍衛背叛的情況下，她勇敢地發聲，並成功地説服侍衛倒戈。更重要的是，她關心自己的國家，認為最美的是人民，最希望自己的人民過上好日子，這是一位君主才具有的格局和胸襟。當然茉莉公主也有弱點，她生在深宮之中，長於婦人之手，

對外界不瞭解；但是阿拉丁生於市井，瞭解民生疾苦，同時又有魔毯可以帶茉莉公主四處巡視，因此他們的結合是最好的。蘇丹王終於放下自己最初「女人不能做蘇丹」的偏執狹猛，開心地加冕有能力的女兒成為蘇丹。所以這就是這部迪斯尼電影《阿拉丁》深刻的現代性，現在已經 2019 年了好嗎？決定一個人站得有多高，走得有多遠的，不是狹隘的男女性別，而是教育和格局！

真人電影《阿拉丁》海報

勵志、政治、宗教
—— 電影《血聘》三重寓意

　　英國電影《血聘》譯名堪稱神來之筆，原名 EXAM 不過「考試」之意，但中譯名不但總括了全劇劇情，且廣東話「聘」、「拼」同音，職場如戰場，豈非正是你死我活血淋淋的拼殺？六月如火，這個片名絕對多吸引了不少求職者乖乖買票進場一探究竟。

　　一家背景神秘的國際大企業招聘人才，八位晉級最後面試的精英，在密閉房間內進行終極比拼，房內有八張桌椅，桌上各有一份試卷及一枝鉛筆，面前是一堵裝上單向鏡的牆壁，房間四處有閉路電視監控，唯一的房門由佩槍警衛把守。應徵者須在限時 80 分鐘內回答一道試題，監考官講解面試規則：1. 不得與監考官或警衛交談 2. 不得離開面試房間 3. 不得損毀試卷，違犯任何一條將被取消資格。隨即啟動倒定時器，離開房間。八名求職者翻開試卷，發現竟是白紙一張！

　　結束時間愈來愈近，要爭取獲聘，就要用盡一切方法。

心急的 2 號以為白紙意味着盡量展現自己才能，因此貿然寫下「我確信我值得……」而被逐出。膽大的 5 號發現規則並不禁止面試者相互交談因此鼓動大家組成團隊合作找出問題，並用顏色命名參與者，8 號叫黑色（Black），自己叫白色（White），6 號叫褐色（Brown），7 號叫金色（Blonde），4 號叫咖啡色（Brunette），3 號叫棕色（Dark），不參與的 1 號叫聾子（Deaf）。

聰明的咖啡色領導大家嘗試用光線和照相來使白紙顯影，妒忌的白色趁咖啡色引火之際，偷偷將咖啡色的試卷卷成一團假裝是自己的試卷自我犧牲提供幫助，導致咖啡色自毀試卷而被逐出。

狡猾的褐色洞悉內情卻默不作聲，看到這一切的聾子（1 號）不禁淚流滿面，白色趁聾子崩潰之際教唆其撕毀試卷吞下導致聾子被逐出。

正義的黑色怒極而把白色打昏捆住。褐色發覺棕色其實是這家大公司人事部的人員遂用酷刑逼迫她說出試題。白色病發，褲袋中的救命藥丸卻不知被誰偷走以致瀕臨死亡，棕色找到被褐色用口香糖粘在桌背的藥丸要救白色，卻被褐色把藥丸打落到下水道，棕色向監考官求救而被逐出。

金色用髮夾夾出藥丸救活白色並為其鬆綁，白色認為正確的答案是弱肉強食適者生存，因此搶過警衛的佩槍威逼其他人離開房間。明哲保身的褐色為了保命只好悻悻離開。

黑色與白色爭奪中被白色開槍打死，金色假裝離開實際卻站在門邊，白色正要再開槍，倒定時器顯示時間到。白色向鏡後的監考官咆哮自己就是正確的答案就是公司所要的人，卻被警衛示意時間未到而回想起曾經蹲在倒定時器前的

1 號可能重設了時間，只好離場。

　　金色借助 1 號留下的眼鏡看到了試題，1 號露面，原來他才是真正的總裁，金色回答出正確的答案卻因黑色被殺拒絕加盟，最終真相大白：數億世人感染生病，這家製藥公司研製出超級解藥卻生產量不足，因此需要一個英明的領導者來作出關鍵決策，所以才安排這次終極面試。射中黑色的子彈正是解藥，病原攜帶者黑色被治愈復活，金色欣然就職。

　　首先，拿它來當勵志片絕不為過。一般來説，每場應聘成功者只有一人，當然得八仙過海各顯神通，不遵守規則者（2 號）首先被踢出局，沒有弄清考官的問題僅僅拋出自己準備好的説辭顯然會答非所問必敗無疑；而且還敗於缺乏自信，甚麼？2 號的考卷上不是寫着「我確信我值得⋯⋯」？少來了！需要拼命捍衛的多正是弱點，哪個考官不是火眼金睛？在競爭的環境中不懂保護自己而被人利用（咖啡色），雖然冤枉，也只能白白替他人作嫁衣裳。希圖靠關係上位（棕色）總有被戳穿的一天。缺乏擔當者（褐色）非常接近卻永遠無法撐到最後。速度慢了結果只能是死（黑色）。時機拿捏錯誤（白色）排擠掉所有對手自己也贏不了。看起來無論實力、智商都最不起眼的（金色）笑到了最後，合理！雖然幾乎所有的建設性意見都不是由她提出，但最強的是她吸收了所有有用的經驗並在最恰當最關鍵的時刻應用，她從別人的失敗中成長！

　　其次，這是一部政治電影 —— 誰將是未來世界之主？首先出局的是中國（2 號），雖然可能是歧視，也可能是編劇難以把握中國人的性格而偷懶，但更可能的是，中國雖然曾有輝煌歷史而佔據最靠前的優勢地位，卻忽視當今世界規

則過於任由自己個性而不被團隊所接納。俄國（咖啡色），有學識，有愛心，有擔當，卻因成為爭霸的威脅而被設套踢走。德國（棕色），妄圖攪渾水從中漁利，但實力不足只能望洋興嘆。印度（褐色），精明強壯卻只想獨善其身，時而耍些詭計難以服人，崇信武力而頭腦不足，最重要貪生怕死難擔重任。南非（黑色），事事慢人一拍，雖有資源，不得施展。美國（白色），最敢突破，最有組織才能，運氣最好，從最危險的境況脫困後還能反控局面；但太傲慢自負，臉厚心黑，歧視欺詐，為所欲為，多行不義必自斃。英國（金色），國力不強，頭腦一流，善於隔岸觀火，審時度勢，最關鍵在於與美國相比尚有良知和愛心，因此不擊則已，一擊必中。

最後，這其實又是一部宗教電影。神（1號）就在世人中間，他的善行在地上，但他的子民卻看不見他。他看到世上的人都「病」了，因此要尋找一個領導者將其規於正道，但這是極大的權力，不適當的人選足以毀滅世界。可是當他看到他一手挑選準備委以重任的人選（未來的天使長）為了爭奪權力開始自相殘殺，他雖然是神，他也忍不住流淚了。他吃掉試卷不是由於受人教唆，而是見造物自噬追悔莫及。最終，只剩下兩大人選，他不選擇墮落天使路西法（白色），寧願修改時間重設規則，是因為知道即使路西法（白色）有無與倫比的頭腦、心機、實力，但他的惡根性足以自我墮落，才華愈高，危害愈大，很可能不但不拯救世界反而拖緊世人同沉地獄。他選擇奇迹天使加百列（金色），為神傳達信息的使者，不一定是最優秀的，但一定要奉行正義與愛，最遵從規則不越界。

電影《血聘》宣傳海報

後記

　　荷花盛開的時節，黎社長笑著在電話裏說：「恭喜你呀，張老師，第二本書獲得香港藝術發展局的資助，去年一本，今年一本，好快呀。」我說：「社長，哪裏呀！這本書可寫了十四年呢！」

　　真真的，它裏面的〈幼好真善老不衰——訪夏志清先生〉寫於 2007 年，〈東陵瓜・阮籍詩：《種芹人曹霑畫冊》作者旁證〉寫於 2021 年，也就是這本書跨度是十四年，所以我是像一隻辛勤的小螞蟻一樣，用十四年的時間，聚沙成塔，集腋成裘，好不容易才攢下了這些家底。這些文章，有些是我在美國留學時機緣湊巧訪談一些老先生留下的美好回憶；有些是我工作後因為《紅樓夢》的緣故得以拜見一些學者或作家記下的啓發思考，有些是我和同事在學校飯堂吃飯時她妙談的機趣，有些是我做研究項目時的田野調查，有些是看了某部影視和朋友間的討論，更多的是教學時和我教的那些可愛的學生們「鬥智鬥勇」「拈花微笑」的結晶。

　　張宏生老師說過，有時在上課時會突然講到一些備課時沒有想到的內容，其中或有一些妙的思緒，應該及時記錄下來，否則可能很快就忘記了。我對這句話真是得益良多，因

為這些課堂上的教學情形，於今回顧，假如説當時不寫，那些靈感的火花，那些思想的碰撞，要想事後再追憶，不要説不復當初的鮮活，連細節都模糊了。如蘇軾所言，「作詩火急追亡逋，清景一失後難摹。」捕捉閃光的靈感就像追捕逃犯一樣火急，稍有延遲，那奔湧的詩情便從腦海中消失，再也難以描摹了。這雖然是説作詩，但是作文又何嘗不是呢？而及時寫下，現在回看，不但記下了當時的靈光乍現，而且當時課堂上的師生互動，甚至同學們的音容笑貌，都一一重現。那些吉光片羽、興會筆到，現在看來，自己都不免有些感動。雖然有些敝帚自珍的可笑，但是想起湯顯祖寫《牡丹亭》，寫到「賞春香還是你舊羅裙時」，不由得痛哭失聲，所以應該此情此景都是一樣的吧，作者如果連自己都感動不了，又如何能動別人呢？

同學們小腦袋瓜「妙想天外」，總是能問出一些意想不到的可愛問題，比如説「林沖是不是狗雄」呀？歷史上真有「陳世美」這個人嗎？范巨卿因為忘了和張元伯重陽相見的約定為了不爽約就要自殺？漢武帝的詩歌竟然能影響美國意象派詩人龐德是真的嘛……因為他們這麼投入地參與，老師特別有動力帶著大家探討尋找答案，於是課堂好像變成了一場場尋寶之旅，謝謝同學們拉著老師一起「精騖八極，心游萬仞」，留下這麼多有趣的點點滴滴。

這本書的序有幸請得原新華社香港分社社長俱孟軍先生賜文，他的事務那麼繁忙，還擠出寶貴時間通讀全書。他的謬獎愧不敢當，但他的一些高見令我感佩，如評騭〈那些因貧窮招致的猜疑與屈辱〉，從拙文生發開去，做出貧寒學生未來一鳴天下、以及脫貧之後鄉村文化建設的展望，真令人

生「振衣千仞岡，濯足萬里流」之嘆。

　　本書的主編黎社長特別嚴謹。書中的每篇訪談，他都要我一一提供和訪談者的合影。每一篇文章他都自己配了精美的插圖，有些插圖，我認為讓我自己配都難以那般妥帖，這可真是如《紅樓夢》中所說，「比從自己肺腑裏掏出還覺懇切」。此外，最後一篇增補文章剛給他發過去，才過了幾分鐘，他就截圖微信問我：「崔川榮那一句，讀起來，好像不太順。」我很驚詫地再回看，果然！是修改時不小心留下的一個小 Bug，但是這篇文章我改了好多遍，自己居然都沒有發現，黎社長的專業好生了得。

　　或許經過了自己許多努力，這本書仍然微不足道。但是，正如袁枚所說：「白日不到處，青春恰自來。苔花如米小，也學牡丹開。」希望這本書也開成一朵讓讀者喜歡的小小的可愛的花。

張惠

本創文學 53

維多利亞港的今與昔

作　　者：張　惠

責任編輯：黎漢傑

封面設計：LoSau

法律顧問：陳煦堂 律師

出　　版：初文出版社有限公司

　　　　　電郵：manuscriptpublish@gmail.com

印　　刷：陽光印刷製本廠

發　　行：香港聯合書刊物流有限公司

　　　　　香港新界荃灣德士古道 220-248 號

　　　　　荃灣工業中心 16 樓

　　　　　電話 (852) 2150-2100 傳真 (852) 2407-3062

臺灣總經銷：貿騰發賣股份有限公司

　　　　　電話：886-2-82275988 傳真：886-2-82275989

　　　　　網址：www.namode.com

新加坡總經銷：新文潮出版社私人有限公司

　　　　　地址：71 Geylang Lorong 23, WPS618 (Level 6), Singapore 388386

　　　　　電話：(+65) 8896 1946 電郵：contact@trendlitstore.com

版　　次：2021 年 12 月初版

國際書號：978-988-75758-7-0

定　　價：港幣 92 元　新臺幣 290 元

Published and printed in Hong Kong

香港藝術發展局
Hong Kong Arts Development Council 資助

香港藝術發展局全力支持藝術表達
自由，本計劃內容不反映本局意見。